Ute Mainz

STELING
Wespennest

Ute Mainz

STELING
WESPENNEST

Nach einer Idee von Dirk Neuß und Stefan Herbst

Impressum

 1. Auflage 2023
© Eifeler Literaturverlag
In der Verlagsgruppe Mainz

Alle Rechte vorbehalten
Printed in Germany

Eifeler Literaturverlag
Verlagsgruppe Mainz
Süsterfeldstraße 83
52072 Aachen
www.eifeler-literaturverlag.de

Gestaltung, Druck und Vertrieb:
Druck & Verlagshaus Mainz
Süsterfeldstraße 83
52072 Aachen
www.verlag-mainz.de

Lektorat:
Christoph Swiontek

Umschlaggestaltung:
Dietrich Betcher

Abbildungsnachweis (Umschlag):
© Bernhard – stock.adobe.com

ISBN-10: 3-96123-069-2
ISBN-13: 978-3-96123-069-3

KAPITEL EINS

Ihre Handgelenke schmerzten. Die junge Frau wurde brutal gezogen. Sie strauchelte mehr als sie lief und folgte ihrem Gegenüber gezwungenermaßen zum Auto, das dort am Waldrand schon zu warten schien. Dabei versuchte sie krampfhaft, nicht zu stürzen. Sie stöhnte leise. Selbst als das linke Handgelenk kurz losgelassen wurde, damit die Beifahrertür geöffnet werden konnte, hatte sie keine Chance, sich zu befreien.

Schier unmenschliche Kräfte schleuderten sie auf den Beifahrersitz und im selben Moment legte sich eine Hand auf ihre Kehle und drückte zu.

»Du bist gut beraten, jetzt das zu tun, was ich von dir will!«, zischte die Stimme ihres Gegenübers, das Gesicht gefährlich nah über sie gebeugt. Dabei wurde der Schmerz am Kehlkopf immer stärker.

Instinktiv versuchte die Frau, sich zur Wehr zu setzen, rutschte fast in den Fußraum und schlug mit dem Kopf hin und her. Aber die fremde Hand an ihrem Hals ließ sich nicht abschütteln. Im Gegenteil, ihr Druck wurde immer intensiver. Gurgelnde Geräusche verließen unartikuliert den Mund der jungen Frau.

Dann plötzlich ließ das Gewicht auf ihrem Hals doch nach. Die Frau versuchte zu schlucken, während Tränen der Verzweiflung über ihr Gesicht rannen. Sie atmete schwer. Sie hatte unglaubliche Angst.

Als sich dann die Fahrertür öffnete, um den Sitz hinter dem Lenkrad zu besetzen, hatte sie dennoch kurz Gelegenheit, ihren Blick in den Fond des Autos zu werfen.

Die junge Frau erschrak abermals, als sie das Gewehr auf dem Rücksitz registrierte. Wie gelähmt verharrte sie und beobachtete, wie der Wagen gestartet wurde und das Waldstück in Richtung Bundesstraße verließ.

Sie traute sich nicht, etwas zu sagen. Stattdessen kämpfte sie gegen die Unmengen von Speichel auf ihrer Zunge und die aufkommende Übelkeit. Dabei versuchte sie, ihre Gedanken zu ordnen und das Risiko einer Flucht gegen die Möglichkeit einer kampflosen Entlassung aus dieser Situation abzuwägen. Es klappte nicht, sie konnte keinen rationalen Gedanken fassen.

»Ich muss mal!«, war das einzige, was sie mit krächzender Stimme hervorbrachte. Die eben erlebte Malträtierung ihres Kehlkopfes schmerzte noch immer nach. Der Schock saß tief.

Es kam keine Antwort von der Fahrerseite. Der Wagen hatte mittlerweile die Abzweigung zum Hatzevenn erreicht und bog dort ab. Viel zu schnell raste er über die Straße, vorbei an Wiesen, Wirtschaftswegen und nicht zuletzt auch an der Ravelroute und durch den beschaulichen Ort Mützenich.

Die junge Frau versuchte es erneut.

Statt einer Antwort hielt der Wagen abrupt an.

»Dann hau doch ab!« Mit kreischender Stimme vom Fahrersitz aus wurde die junge Frau völlig unvorbereitet durch die plötzlich geöffnete Beifahrertür aus dem Wagen gestoßen.

Sie hatte Glück, sie landete auf allen Vieren, schnellte hoch und rannte los. Ihre Augen gewöhnten sich rasch an die aufkommende Dunkelheit außerhalb des Lichtkegels der Autoscheinwerfer. Im Augenwinkel hatte sie noch gesehen, dass eine Gestalt, einem Schatten gleich, ebenfalls das Fahrzeug verlassen hatte, und einen auffallend langen Gegenstand in der Hand hielt.

»Das Gewehr!«, durchfuhr es die junge Frau.

Der Druck auf die Blase war vergessen, sie lief schnell und erreichte die offene Landschaft des Hohen Venn. Hier gab es keinen Wald, nur wenige Moorbirken und üppiges Pfeifengras beherrschten an dieser Stelle des Hochmoores die Vegetation. Es gab für die Flüchtende keine Möglichkeit, sich irgendwo zu verstecken.

Das Atmen fiel ihr jetzt immer schwerer. Brennende Seitenstiche brachten sie an den Rand einer Ohnmacht, aber eben nur an den Rand, wäre da nicht diese wahnsinnige Angst, die ihr schier unmenschliche Kräfte verlieh, sie weitertrieb, um dieser Situation zu entkommen. Über ihr zogen drei Rotmilane ihre majestätischen Runden.

Für dieses im Hohen Venn nicht unübliche Schauspiel hatte die junge Frau keinen Blick mehr. Sie starrte stur geradeaus. Das Gehör hatte sich auf die menschlichen Geräusche, die sie hinter sich wahrnehmen konnte, fokussiert. Aber immer, wenn sie sich zu sehr auf das näherkommende, stoßweise Atmen konzentrierte, wurde ihr Lauf langsamer. Es war schier unmöglich, in der sich immer mehr verdichtenden Dunkelheit den Weg durch das Hochmoor zu finden, ohne in den dunklen Sumpf abzudriften.

Schon längst hatte sie die sicheren Holzstege verlassen, weil sie glaubte, so ihrem Verfolger nicht durch das dumpfe »Klock, Klock« ihre Position zu verraten. Die junge Frau lief dicht neben diesen Brücken, die tagsüber den Wanderern eine sichere Überquerung dieser einzigartigen Moorlandschaft ermöglichen.

Die seltenen Pflanzen bereiteten sich auf eine ruhige Nacht vor, fast so, als wollten sie der Flüchtenden ihre Gleichgültigkeit für menschliche Probleme demonstrieren, aber nicht nur das, sie zerkratzten zusätzlich auch noch die Schienbeine und Waden der jungen Frau, deren Sneakers eine undefinierbare Schlammfarbe angenommen hatten und durch die eindringende Feuchtigkeit immer schwerer wurden.

Täuschte sie sich, oder waren die Geräusche hinter ihr verstummt? Wurde sie eventuell doch nicht länger verfolgt?

Sie begann aufzugeben, ihre Sinne benebelten sich zunehmend, das Atmen wurde immer schmerzhafter, die Meniskusverletzung, die sie sich letztes Jahr beim

Skifahren am »Weißen Stein« in der Eifel zugezogen hatte, machte sich gnadenlos bemerkbar, und sie hatte nicht mehr die Kraft, das alles länger zu ignorieren. Ihr Gehirn folgte den biologischen Gesetzen der Hyperventilation.

Plötzlich, genau in dem Augenblick, als sie nur noch grelle Rot- und Blautöne, gepaart mit weißen Blitzen vor ihren Augen sah, hallte ein Schuss durch die eigentlich friedliche, späte Abendstimmung dieses Naturschutzgebietes. Aufgeschreckt verließen die drei Milane ihre Flugbahnen und einige Gelbhalsmäuse schlüpften flink in ihre Bauten zurück.

Die junge Frau fiel ungebremst nach vorne. Sie blieb bäuchlings mit dem Gesicht im Schlamm liegen. Schwer zu sagen, ob sie den letzten Schuss noch gehört hatte.

Nebel machte sich über der Hochmoorlandschaft breit, die tierischen Bewohner hatten noch kein Interesse an der Leiche, sondern lebten wie schon seit Jahrhunderten ihren eigenen Rhythmus der Nacht in den Weiten des Hohen Venn.

KAPITEL ZWEI

Der Kommissar lag wie abgeschossen bäuchlings mit dem Gesicht im weichen Daunenkopfkissen.

In Steffens kleiner Wohnung herrschte das totale Chaos. Gebrauchte und frische Wäsche hatten sich vermischt, als wollte sie ihren Besitzer verhöhnen. Pizzakartons und leere Flaschen waren planlos drapiert, aber nicht alle leer. Ein animalischer Gestank dominierte den Raum, aber der Versuch, bei offenem Fenster zu schlafen, war daran gescheitert, dass die Blasmusik der vorbeiziehenden Schützenvereine eine regelrechte Folter für das ganz anders konditionierte musikalische Gehör von Steffens darstellte. Mit dem Gesicht im weichen Kopfkissen ließ er die nackten Arme rechts und links neben dem neunzig Zentimeter schmalen Bett herausbaumeln, das, wenn überhaupt, nur sehr vertrauten Damenbesuch zuließ.

Heute jedenfalls lag Steffens alleine und wie gelähmt auf der Matratze.

Das Rumtata vor seinem Fenster arbeitete sich langsam in sein Bewusstsein. Obwohl er es sich so sehr wünschte, war an ein Weiterschlafen nicht mehr zu denken. Sein Kopf vibrierte. In seinen Schläfen hatte sich offensichtlich einer dieser Trommler- und Pfeifer-Corps eingenistet. Anders konnte sich sein noch schläfriger Geist dieses Hämmern in beiden Augenhöhlen nicht erklären. Zusätzlich waren den Augenlidern über Nacht wohl die Gewichte einer Kuckucksuhr gewachsen. Mit einiger Anstrengung ließen sie sich öffnen.

»Na bitte, geht doch«, krächzte er und bereute das im selben Augenblick, denn der fahle Geschmack auf seiner Zunge wurde durch das Sprechen aktiviert. Die Geschmacksknospen tanzten offensichtlich Polka im Pelz.

»Hilft ja wohl alles nicht, ich muss ins Bad«, dachte er, als im selben Augenblick sein Handy klingelte. Steffens brauchte einige Sekunden, um zu merken, dass sein Klingelton, *I shot the sheriff* von Bob Marley, absolut zur eigenen Verfassung passte, aber nicht Teil der Blasmusik vor seinem Fenster war, sondern der Vorbote einer ganz eigenen und vielleicht sogar sehr wichtigen Sache sein könnte.

»Boah, leck mich ... iss ja gut!« Steffens angelte nach seinem Telefon, das auf dem ausgedienten Untergestell einer antiken Nähmaschine lag. Das war nicht ganz einfach, denn seine Matratze war viel tiefer. Den Arm zu heben kam einem Kraftakt gleich. »Iss ja gut!«, wiederholte er sich, jetzt etwas energischer.

Er meldete sich einigermaßen deutlich mit »Steffens« und wartete die Antwort am anderen Ende ab. »Nein, ... echt ... schon?« Er verglich die Ansage am anderen Ende der Leitung mit seinem Wecker.

»Keine Ahnung. Wenn sie es nicht wissen ... Ach so, Kirchfink. Sagen Sie das doch gleich. Aber deswegen wecken Sie mich doch nicht, oder?« Steffens versuchte, aufmerksam den Informationen des Anrufers zu lauschen und schnellte plötzlich wie ein Klappmesser hoch, ein typischer Fehler nach einer durchzechten Nacht, er fiel wie erneut abgeschossen zurück auf die Matratze. Er konnte gerade noch »Wann ... wo?« fragen und die Antworten einordnen. Mit der freien Hand drückte er auf die besonders stark pochende rechte Schläfe.

»Ja, kenn ich, glaub ich. Und wieso ist das belgisches Hoheitsgebiet? Wir sind doch nicht bei der Hochseefischerei.« Steffens wartete die Antwort ab. »Ach so, das ist Belgien und eigentlich wären die Kollegen aus Eupen zuständig?«, fragte er, obwohl die Information eindeutig gewesen war.

»Und was ist mit denen?« Er lauschte angestrengt in den Hörer. »Moment, geklaute Kabel bei irgend so einem Kabelwerk sind wichtiger als ein Mord? Das nennt man dann wohl grenzüberschreitende Amtshilfe. Ich komme. Geben Sie mir zwanzig Minuten.« Er beendete das Telefonat und fiel auf sein Kopfkissen zurück. Noch so ein Fehler nach einer durchzechten Nacht. Stöhnend hielt er seinen Brummschädel und resümierte: »Ich hasse Monschauer Kirmes, … jetzt schon!«

Während er den Kopf, angewidert von sich selbst, unter den kalten Wasserhahn hielt, zog draußen vor seinem Fenster der Festzug unbeeindruckt vorüber.

Zum Glück konnte er sich daran erinnern, wo er am Abend vorher den Wagen geparkt hatte. So schnell, wie es ihm heute möglich war, hastete er zu seinem Auto und fuhr ungeachtet des Restalkohols zur beschriebenen Stelle im Hohen Venn, in der Nähe des Wanderparkplatzes, wo er vor wenigen Tagen allen Mut zusammengenommen hatte, um erneut Christina anzurufen – leider mal wieder ohne Erfolg.

Ein belgischer Langholzwagen bremste ihn aus. Der Kommissar wurde zur Langsamkeit gezwungen, denn an ein Überholen war nicht zu denken, da ihm jede Menge Tagestouristen auf ihrem Weg in die Eifel entgegenkamen.

Endlich erreichte er den beschriebenen Wanderparkplatz und folgte dem Weg ins Hochmoor zu Fuß.

Schon von weitem sah er das rotweiße Flatterband mit dem Aufdruck *Polizei*. Geschäftiges Treiben beherrschte die Szenerie. Mitarbeiter der Spurensicherung waren damit beschäftigt, Nummern nach einem bestimmten Schema am Tatort zu verteilen. Die weißen Schutzanzüge der KTU leuchteten in der Sonne. Vereinzelte schaulustige Wanderer wurden gebeten, den Ort zu verlassen, es sei denn, sie könnten eine Zeugenaussage machen. Und auch Dr. Münster, der Gerichtsmediziner, war schon an der Leiche zugange.

»Oh Gott, Scheiße, der hat mir heute gerade noch gefehlt.« Dr. Münster und Steffens kannten sich noch aus Köln. Sie hatten zwar schon einen Mordfall in der

Eifel erfolgreich gelöst, aber die gegenseitige Sympathie war noch immer so wenig ausgeprägt wie zu gemeinsamen Kölner Zeiten. Das konnte hier in der Eifel bestimmt nicht besser werden. Immer, wenn sie sich sahen, begegneten sie sich die Beiden wie zwei verfeindete Straßenkater, die den Schweif steil nach oben gerichtet und den Buckel gewölbt als Warnung voreinander verstanden.

Dennoch hatten sie Respekt vor der jeweiligen Fachkompetenz des anderen.

Steffens Assistent Kirchfink begrüßte den Kommissar an der Absperrung. Dabei sah er missbilligend auf die Uhr.

»Langholzwagen!«, kommentierte der Kommissar, ohne vorher gefragt worden zu sein.

»Guten Morgen, Chef!« Kirchfink wusste, was sich gehörte.

»Ich weiß wirklich nicht, was an so einem Morgen gut sein soll, Kirchfink«, konterte Steffens, immer noch mit brüllenden Kopfschmerzen.

»Joachim«, antwortete Kirchfink.

»Wie bitte?« Steffens verstand nichts mehr.

Ich heiße Joachim, wir haben doch gestern Abend ...« Noch bevor Kirchfink seinen Satz zu Ende sprechen konnte, unterbrach Steffen ihn: »Nicht, dass ich mich erinnern kann, Kirchfink!«

»Oh, geht klar, Chef.«

Übergangslos, ohne jeden unnötigen Smalltalk fragte Steffens: »Was haben wir hier?«

»Eine Leiche, weiblich.«

»Geht's was genauer?«

Zögernd, es war ihm offensichtlich sehr peinlich, antwortete Kirchfink: »Aber Chef, Sie wissen doch ...«

»Heilige Scheiße, Kirchfink, können Sie mal wieder kein Blut sehen?« Steffens machte Anstalten, den Kopf demonstrativ zu schütteln, entschied sich aber in letzter Sekunde klugerweise für eine schlichte Andeutung dieser Bewegung. Seine hämmernden Augenhöhlen dankten es ihm.

Stattdessen hob er das Absperrband hoch und bückte sich sichtlich mühsam drunter her, um zur Leiche und Dr. Münster zu gehen.

»Guten Morgen lieber Kommissar«, begrüßte Dr. Münster ihn süffisant.

»Ich habe gerade doch schon mal gesagt, dass ich wirklich nicht weiß, was an diesem Morgen gut sein soll!«

»Grippe?«, fragte Dr. Münster mit unverhohlener Schadenfreude.

»Kirmes«, antwortete Steffens knapp.

»Oh …«, kommentierte Münster jetzt etwas freundlicher. Hatte der Alte-Neue tatsächlich Zugang zur einheimischen Eifelbevölkerung gefunden? Das wäre anerkennenswert!

»Also«, fragte Steffens.

»Eine junge Frau, höchstens Anfang bis Mitte zwanzig, erschossen, gezielter Schuss in den Rücken. Der Lage der Leiche nach zu urteilen kam der Schuss aus dieser Richtung und traf das Opfer gerade von hinten.« Dr. Münster zeigte auf das Waldstück schräg hinter ihm. Von hier konnte man erkennen, dass die Holzstege dort endeten und ein kleiner Wanderpfad den Weg fortsetzte.

»Wow, ganz schön gut getroffen, was?« Steffens Anerkennung für diese Leistung schien echt, wenn auch nicht wirklich angemessen.

Münster leckte sich die Lippen als er antwortete: »Verdammt gut gezielt, kann man wohl sagen, zumal die junge Frau den Spuren nach zu urteilen, recht schnell gelaufen sein muss. Das ist die hohe Kunst des Jagens.«

Und als ob diese Bemerkung in Gegenwart der Leiche nicht schon fragwürdig genug gewesen wäre, setzte Steffens noch einen drauf: »Okay, hat sie wohl jemand mit einem flüchtigen Reh verwechselt.«

Dr. Münster, eher der väterliche Typ, wurde sich als erster dem Ernst der Lage wieder bewusst und erklärte: »Das wohl kaum. Es gibt offensichtliche Kampfspuren. Hier am Hals die Würgemale, hier an den Handgelenken hat jemand sie sehr unsanft festgehalten, um nicht zu sagen ziemlich grob zugepackt und das nicht nur einmal.«

»Demnach hat es wohl einen Kampf zwischen dem Opfer und jemand anderem, eventuell sogar dem späteren Mörder gegeben«, überlegte Steffens laut.

»Wie lang ist sie denn schon tot?«, fragte Steffens, während er gleichzeitig registrierte, dass das junge Opfer bis zu diesem scheußlichen Verbrechen offensichtlich sehr hübsch gewesen sein musste.

»Bevor ich sie nicht auf dem Tisch hatte, möchte ich mich nicht festlegen, aber grob geschätzt ungefähr plus, minus vierundzwanzig Stunden.«

Dr. Münster fingerte unter dem weißen Schutzanzug an seiner Hosentasche, bis er ein ordentlich gestärktes Stofftaschentuch herausgeangelt hatte. Er schnäuzte sich lautstark, wie zur Unterstreichung seiner These.

Angewidert von diesem Trompeten verdrehte Steffens die Augen. Eine solche Manie hatte er schon früher als unmöglich empfunden.

»Wissen wir schon, wer sie ist«, fragte Steffens und kam sich in diesem Moment sehr tolerant vor.

»Nein, keine Papiere, kein Handy, nichts.«

Steffens war überrascht: »Was, in dem Alter kein Handy! Das ist ungewöhnlich. Gibt es Hinweise auf ein Sexualdelikt?«

»Mein Gott, Steffens, nicht so schnell! Noch sieht es nicht nach einer Vergewaltigung aus, wie denn auch? Hier im Schlamm? Von da hinten erschossen und dann hier missbraucht? Nee, nee, das glaube ich nicht, aber die Antwort bekommen wir, nachdem ich sie untersucht habe.«

Dr. Münster war sich seiner Machtposition in diesem Stadium des Falles durchaus bewusst und ließ Steffens zappeln wie die Fliege im Spinnennetz.

»Ich hasse diesen Kerl«, dachte Steffens, und um diesen Augenblick sinnvoll zu überspielen, zückte er sein Handy, machte ein Foto von der Toten und ging zurück zu seinem Assistenten.

»Und?«, fragte Kirchfink.

»Nichts. Feige von hinten erschossen. Muss mal sehr hübsch gewesen sein. Wer hat sie eigentlich gefunden?«

»Irgendein Jäger.« Kirchfink durchblätterte seine Notizen. »Mommertz, Jürgen Mommertz aus Roetgen. Also vielmehr sein Hund. Jäger haben ja häufig Schweißhunde, die sind auf den Geruch von Blut gedrillt. So einer muss das sein, denn er hat sich angeblich von der Leine losgerissen und ist, wie Mommertz erzählt hat, schnurstracks hier hingelaufen. Und schon war ...«

»Wo ist Mommertz jetzt?«, unterbrach Steffens den Redeschwall.

»Schon wieder nach Hause gefahren, hatte wohl einen wichtigen Termin, aber ich habe alle seine Daten.«

»Na hoffentlich«, antwortete Steffens matt. »Ich fahre jetzt erst mal kurz ins Büro. Auf dem Weg dahin besorge ich mir in der Apotheke noch ein Aspirin oder so was. Wissen Sie, welche heute Notdienst hat?«, fragte er in die Runde, erntete aber nur kollektives Schulterzucken.

»Wir treffen uns dann morgen wieder im Präsidium«, beendete der Kommissar diesen Ortstermin.

Steffens stieg ins Auto und nickte seinem Assistenten kurz zu.

Wenig später parkte er sein Auto auf dem Dienstparkplatz und schlich ins Verwaltungsgebäude, das so gar keine Ähnlichkeit mit den charmanten Fachwerkhäusern der Monschauer Altstadt hatte. Er erklomm die Etagen über die Rollstuhlrampe neben der Treppe und ließ sich müde in seinem Büro auf den relativ gemütlichen Schreibtischstuhl sinken, nicht ohne sich vorher am Wasserspender im Treppenhaus ein Glas abgefüllt zu haben.

Steffens beobachtete die kleinen Bläschen, die der Tablette entwichen und sich schnell den Weg an die Wasseroberfläche seines Trinkglases suchten. Mit der linken Hand suchte er in der entsprechenden Schublade des Schreibtisches herum und holte schließlich das Portraitfoto einer Frau hervor. Traurig betrachtete er es und verlor sich in Erinnerungen. Völlig unvermittelt atmete er tief ein und schmiss das Bild wie einen Bumerang in die Schublade, nur dass das Foto nicht zurückkam.

Es hatte keinen Zweck, am heutigen Kirmessonntag weiterzuarbeiten. Steffens trat den Heimweg an.

KAPITEL DREI

Am Montagmorgen klopfte es ziemlich früh an die Tür des Kommissariats. Die beiden Streifenpolizisten Paul Kreitz und Basti Schreiber standen mit einer jungen, sehr attraktiven Frau im Türrahmen.

Steffens war in seine Überlegungen vertieft und brachte daher nur mühsam ein genervtes »Ja, bitte?«, heraus.

Bevor sie selbst antworten konnte erklärte Paul Kreitz: »Diese junge Dame möchte ihre Freundin als vermisst melden, aber wir genügen ihr nicht, sie möchte unbedingt mit dem leitenden Beamten sprechen.«

»Was? Warum das denn?"

Steffens drehte sich jetzt ganz der jungen Frau zu. »Kommen Sie doch rein und setzen Sie sich auf den Stuhl«, versuchte er sich in Verbindlichkeit, indem er sich endlich Mühe gab, freundlicher zu sein. Der Kommissar betrachtete sein Gegenüber wohlwollend. Was er sah, gefiel ihm: eine gutaussehende Frau, Anfang bis Mitte zwanzig, die langen blonden Haare zu einem Pferdeschwanz zusammengebunden, gekonnt geschminkt und sportlich gekleidet mit Jeans und einer bunten Bluse, die sie oberhalb des Bauchnabels zusammengeknotet hatte. Er fühlte sich schmerzlich an Christina erinnert.

»Wie heißen Sie?«, fragte Steffens noch immer mit nasaler Stimme.

»Kosslik, Julia Kosslik. Grippe?«

»Was? Ach so, nee, Kirmes.«

» Ooh …«, nickte die Frau. Offensichtlich wusste sie, was Steffens quälte.

»Also gut, Frau Kosslik, was kann ich denn für Sie tun?« Dabei betonte Steffens das Wort *ich* besonders stark.

»Ich kann meine Freundin seit zwei Tagen nicht mehr erreichen. Sie reagiert auf keinen Anruf, sie antwortet auf keine Whats App, nichts!«

»Und wie heißt Ihre Freundin?«

»Nina Grewen, also jetzt Kollmann. Sie hat ja vor ein paar Monaten geheiratet.« Julia Kosslik spielte verlegen an einer Haarsträhne. Es war ihr nicht entgangen, dass Steffens sie etwas zu wohlwollend betrachtete. »Die Hochzeit mit diesem Drecksack war ein Riesenfehler.«

»Okay, das ist Ihre Sicht, aber kann es nicht sein, dass die zwei sich einen gemütlichen, romantischen Abend zu zweit gemacht haben, so wie Jungverheiratete das schon mal tun?«

»Nein, nicht mit dem Arschloch. Verheiratet ist der nur mit seiner Firma und jetzt, da er Nina endlich für sich hat, ist sein Interesse an ihr auch schon wieder verpufft. Wenn Sie verstehen, was ich meine. Da gibt es längst ein neues Spielzeug. So ein typischer Vollpfosten eben, mit schicker Villa, dicken Autos, Rolex, Goldkettchen, der meint, er könne jede haben.«

»Vielleicht hat sich Nina einfach eine Auszeit genommen, um ...« Steffens schaffte es nicht, den Satz zu Ende bringen, denn ein lautes Schluchzen ließ ihn augenblicklich verstummen.

»Aber doch nicht, ohne mir Bescheid zu sagen! Wir sind beste Freundinnen, Schwestern im Geiste, Vertraute. Ich weiß alles von Nina. Ich weiß von ihrer beschissenen Ehe. Ralf hat sie verprügelt und sie nur gebraucht, um sich mit ihr zu schmücken und sich vor seinen Geschäftsfreunden zu brüsten.«

Bei dieser Formulierung konnte Steffens es nicht vermeiden, den Blick auf den knapp verhüllten Oberkörper von Julia Kosslik zu lenken. Er ermahnte sich still und lauschte weiter den Ausführungen: »Nach der Hochzeit, als Nina eine Familie haben wollte, ist Ralf komplett ausgerastet. Dann hat er sie links liegen gelassen, sie mit anderen Frauen betrogen, den Geldhahn zugedreht, das volle Programm.«

»Julia, haben Sie vielleicht ein Foto von Ihrer Freundin? Ich gebe es zur Fahndung raus.«

»Na klar, hier auf meinem Smartphone.« Mit diesen Worten reichte sie Steffens ihr Handy über den Tisch.

Steffens erstarrte: »Ach du Scheiße!«

Frau Kosslik ahnte Schlimmes: »Was ist denn? Los, sagen Sie doch endlich was!«

Steffens betrachtete das Bild entsetzt. »Das hier links, ist das Nina, Nina Kollmann?«

»Ja, das ist sie. Das Foto ist beim Junggesellinnenabschied entstanden, unser letztes Selfie in Freiheit, verstehen Sie? Aber was ist los? Was ist passiert?«

Steffens rieb sich die Schläfen und drückte beide Zeigefinger rechts und links an die Nasenwurzel. »Wir habe heute Morgen eine tote Frau im Venn gefunden.«

Julias Gesichtszüge entglitten, bis sie unter Tränen zusammenbrach. Steffens erhob sich, schritt um seinen Schreibtisch und nahm Julia tröstend in den einen Arm. Mit dem anderen bat er ohne Worte die beiden Streifenbeamten, die immer noch interessiert im Raum standen, um eine Packung Papiertaschentücher.

KAPITEL VIER

Steffens und Kirchfink verließen gegen Mittag das Büro. Der Kommissar hatte seinen Assistenten zu einer Currywurst eingeladen und so standen die beiden Ermittler jetzt an der mobilen Frittenbude, die an regelmäßig wechselnden Standorten anzutreffen war.

Die beiden Männer befanden sich am Anfang einer Mordermittlung, viel gab es noch nicht dazu zu sagen, jeder hing seinen eigenen Gedanken nach. Sie kauten schweigend.

Im Anschluss an diesen kleinen Imbiss bestiegen Kirschfink und Steffens den alten Audi und fuhren gemeinsam zur Villa von Ralf Kollmann. Sie wollten den eventuell neugierigen Nachbarn keine Grundlage für Gerüchte geben und verzichteten daher auf den Streifenwagen.

Kirchfink kannte sich in der Gegend aus und so fuhren die beiden Kollegen ohne Navi die breite Ausfallstraße von Monschau über Höfen zu einem respektablen Anwesen, für das die Bezeichnung Villa geradezu bescheiden klang. Zur Straße hin war das große Grundstück mit Hecken und schmiedeeisernen Gittern eingefriedet. Man konnte einen Teich erblicken, auf dem Seerosen schwammen und blaues Hechtkraut aus der Wasseroberfläche herauslugte. Ein gepflegter Rasen mit einem französischen Pavillon aus Gusseisen waren zu erkennen und bei der Vorbeifahrt auch schon wieder aus dem Blickfeld verschwunden. Sie kamen vor einem respekteinflößenden Tor zum Stehen. Die beiden Beamten stiegen aus. Wider Erwarten ließ sich das Tor öffnen und die zwei Männer folgten dem Kiesweg zu Fuß bis zur schweren Eichenhaustür.

»Das sind die Momente, in denen ich meinen Beruf besonders hasse, mehr als sonst schon«, meinte Steffens ohne Erwartung einer Antwort.

Kirchfink bot sich an: »Wenn Sie möchten, kann ich.«
»Gerne.« Steffens nahm das unausgesprochene Angebot dankbar an.

Während der Kommissar sich etwas im Hintergrund hielt, brachte sein Assistent den sonoren Ton einer gediegenen Klingel zum Schwingen.

Die Tür öffnete sich und Ralf Kollmann stand da im dunklen Anzug. Steffens scannte die Erscheinung in Sekundenschnelle und der erste Eindruck saß: Mitte fünfzig, Managertyp, Lackaffe, hypernervös oder auch gestresst.

Er beendete im Beisein der beiden Ermittler ein laufendes Telefonat mit Shanghai. Sein Englisch war eine Katastrophe, sein Ton aggressiv, die ganze Körperhaltung demonstrierte Abwehrbereitschaft gegen verbale Angriffe.

Steffens versuchte, das Gehörte einzuordnen. Es war zweifellos eine harte Verhandlung zwischen Geschäftsleuten gewesen.

Kollmann musterte die beiden Beamten mit unverhohlener Missgunst und meinte: »Nein, ich möchte nicht mit Ihnen über Gott reden. Wie Sie sehen, habe ich keine Zeit. Und die Zeugen Jehovas sind nicht mein Fall.«

Kirchfink stellte schnell den Fuß in den Türspalt und sagte: »Nina, Herr Kollmann.«

»Was?«

»Wir möchten mit ihnen über Nina reden, Herr Kollmann. Sie sind doch Dr. Ralf Kollmann?«

»Ja sicher. Was ist? Was hat sie jetzt wieder angestellt? Wurde die Dame erneut beim Klauen im Drogeriemarkt erwischt? Wie viel ist es diesmal?«

Der Ton, in dem er diese wenigen Sätze formulierte, ließ Steffens aufhorchen, denn eine offensichtliche Missbilligung, eher noch Aggressivität, war deutlich zu hören. Kollmann zückte seine kalbslederne, mit den Initialen R. K. verzierte Brieftasche. In diesem Moment löste der Kommissar sich aus dem Hintergrund.

»Können wir das vielleicht drinnen besprechen?«
Widerwillig bat Ralf Kollmann die beiden Männer ins Haus.

Sie betraten eine beeindruckende, großräumige Diele, die von einer halbgewundenen Eichentreppe dominiert wurde. Das Geländer war aufwändig geschnitzt und erinnerte an die legendäre Treppe des Roten Hauses in Monschau. Echte alte Perserteppiche, die mit Sicherheit einmal durch Kinderarbeit geknüpft worden waren, dämpften die Schritte auf dem mit polierten Blausteinen belegten Boden. Ausgestopfte Jagdtrophäen schmückten die mit Seidentapete verkleideten Wände. Ein großer, schwerer Lütticher Schrank hatte genug Platz unter dem Plateau der Treppe und flankierte eine überdimensionale Flügeltür, die nicht weniger verziert war und somit einen äußerst gediegenen Eindruck machte. Die eingesetzten Bleiverglasungen erlaubten einen verschwommenen Durchblick in einen Salon, von dem man nicht sofort erkennen konnte, ob es nun das Wohnzimmer sein sollte oder doch nur ein Besucherraum. Das gesamte Anwesen strotzte vor Geld und der Besitzer hatte das offensichtlich auch so gewollt!

Ralf Kollmann beobachtete mit Genugtuung die umherschweifenden Blicke der beiden Männer, denn er deutete sie falsch, glaubte er doch, Bewunderung zu erkennen und bemerkte dabei nicht die innere Ablehnung, die besonders Steffens ergriffen hatte. Aber auch Kirchfink fand, dass dieser zur Schau gestellte Luxus irgendwie aus der Zeit gefallen war.

Die beiden Ermittler ließen sich nicht blenden.

Sie hatten die unangenehme Aufgabe, die Nachricht vom brutalen Mord an Kollmanns junger Frau zu überbringen. Dr. Kollmann machte keine Anstalten, die beiden weiter als in die Diele zu bitten. Also blieben die drei Männer vor der großen Flügeltüre stehen.

Kirchfink räusperte sich: »Herr Kollmann, wir müssen Ihnen leider mitteilen, dass heute Morgen im Venn eine junge Frau ermordet aufgefunden wurde, die große Ähnlichkeit mit Ihrer Frau Nina hat. Wir möchten Sie bitten, uns zu begleiten, um die Leiche zu identifizieren.«

Das saß! Alle Überheblichkeit wich aus der großgewachsenen Statur des Mannes. Nach einem kurzen Moment der Besinnung hatte Kollmann sich wieder im Griff. »Sie meinen meine Ehefrau, Nina?«

»Tatsächlich ist das unsere traurige Vermutung. Bitte fahren Sie mit uns nach Aachen ins Gerichtsmedizinische Institut.«

Die Endgültigkeit dieser Aussage verstand der Geschäftsmann, der eigentlich lieber selber klare Anweisungen gab. Er öffnete den großen Eichenschrank und entnahm ihm seine altenglische, dunkelgrüne Wachsjacke, die er betont lässig über den Unterarm hängte. Im Vorbeigehen prüfte er im goldgerahmten Spiegel den Sitz seines karierten Seidenschals und folgte den beiden Ermittlern, nicht ohne vorher die Haustür betont langsam abzuschließen und die Alarmanlage einzuschalten.

Auf dem Weg nach Aachen schwiegen die drei Männer, was Steffens sehr erstaunte. Er hatte mit vielen Fragen und auch mit einem Gefühlsausbruch von Kollmann gerechnet. Diese Reserviertheit machte den Kommissar stutzig. Hier stimmte etwas nicht. Hatte die Freundin von Nina Kollmann doch nicht übertrieben, als sie die Kaltherzigkeit des Ehemannes beschrieben hatte?

Trotz der Tabletten gab sein Kopf noch keine Ruhe. Die Nachwirkungen der Monschauer Kirmes erinnerten ihn gnadenlos daran, über die Stränge geschlagen zu haben. Er schaffte es so gerade, sich auf den Verkehr zu konzentrieren und am Aachener Klinikum einen Parkplatz zu finden. Sie fuhren mit dem Aufzug ins Kellergeschoß, wo sie den Arbeitsplatz des Gerichtsmediziners Dr. Münster erreichten.

Kirchfink klopfte vorsichtig an die grasgrüne Tür.

Statt eines freundlichen »Herein«, wurde die Tür unsanft von innen aufgestoßen und Dr. Münster, in der grünen Schutzmontur eines Operateurs, vom Haarschutz über Kittel und Hose bis hin zu allerdings schwarzen Latexhandschuhen, baute sich vor den Dreien auf. Die Hände hielt er nach oben in die Luft, um nichts unnötig zu berühren. Seiner Missbilligung über die unangekündigte Störung machte er dann auch prompt Luft.

»Im Zeitalter der Handys wäre eine Terminabsprache für alle sehr hilfreich«, schnaubte der Gerichtsmediziner.

»Ja, das stimmt!«, antwortete Kirchfink gelassen. »Aber, wenn ich Ihnen jetzt mitteile, dass wir Ihnen mit aller Wahrscheinlichkeit den Ehemann des Mordopfers vorstellen können, werden Sie uns die unangemeldete Dringlichkeit unseres Besuches sicherlich nachsehen.«

Diese Wortwahl und deren Inhalt verfehlten ihre Wirkung nicht. Dr. Münster musterte den dritten Mann nicht ohne Neugier Mit einer übertriebenen Geste bat er die drei in sein Reich.

Ralf Kollmann verlor zusehends an Selbstsicherheit. Die sterile, von Edelstahl und kaltem, künstlichen Licht dominierte Arbeitsstätte, die immer irgendwie mit dem Tod zu tun hatte, ließ ihn förmlich einknicken. Sein flatternder Blick schweifte ohne Ziel und ängstlich durch den Raum, bevor er an dem Seziertisch hängen blieb. Fein säuberlich abgedeckt lag dort zweifellos ein menschlicher Körper unter dem gestärkten Laken.

Dr. Münster kannte diese Reaktionen, und da er noch nicht wusste, dass die Ehe der beiden nicht so besonders romantisch gewesen sein musste, wurde der Arzt, wie in solchen Momenten immer, geradezu empathisch.

Vorsichtig geleitete er den offensichtlich gebrochenen Mann zum Untersuchungstisch und hob behutsam das Tuch am Fußende.

»Ich möchte Ihnen den Anblick des zerschundenen Gesichtes nicht zumuten. Vielleicht reicht ja schon die auffällige Tätowierung am Knöchel, um Ihnen die Identität der jungen Frau näherzubringen. Dr. Münster hob das Laken in Höhe der Füße kurz an.

»Ja, Nina hatte sich ein farbiges Mandala stechen lassen, dessen Mittelpunkt ihr Knöchel ist«, nickte der Ehemann und wandte sich dann abrupt ab, als er den Hautschmuck erkannte.

»Wir können also davon ausgehen, dass das Opfer Ihre Frau ist«, schaltete sich Steffens jetzt in die Situation ein.

Ralf Kollmann nickte stumm ohne weitere Gefühlsregungen.

Als Dr. Münster ihm dann noch den Ehering und anderen Schmuck übergab, den er vorher von der Leiche abgenommen hatte, beseitigte Kollmanns Blick die letzten Zweifel.

Kirchfink, der die ganze Zeit nahe der Ausgangstür an die Wand gelehnt gestanden hatte, räusperte sich.

»Hat jemand etwas dagegen, wenn ich mal schnell an die frische Luft gehe?« Und ohne eine Antwort abzuwarten, flüchtete er nach draußen.

Dr. Münster und Steffens sahen sich schulterzuckend an. Sie wussten beide, dass Kirchfink weder Blut sehen, noch den Geruch nach Tod ertragen konnte. Ohne seine sehr guten Ermittlungsfähigkeiten wäre er für die Mordkommission eigentlich eine totale Fehlbesetzung. Seine Kompetenzen sicherten ihm jedoch die Anstellung im Kader von Hauptkommissar Steffens, der auf seinen Assistenten nicht mehr verzichten wollte.

Aber auch Ralf Kollmann schwächelte, und so beendete Steffens kurzerhand den Besuch. Geradezu freundlich verabschiedeten sich Dr. Münster und der Kommissar.

Der Gerichtsmediziner sprach Ralf Kollmann noch sein Beileid aus.

Mit hochgezogener Augenbraue meinte er zu Steffens: »Sobald ich weitere Erkenntnisse habe, lasse ich Sie das wissen. Und jetzt versuchen Sie mal, Ihren flüchtigen Assistenten wieder einzufangen. Und für die kommenden Ermittlungen: viel Erfolg.«

Auf dem großen Vorplatz am Haupteingang des Aachener Klinikums fanden Steffens und seine Begleitung den Assistenten, der mittlerweile wieder etwas an Farbe gewonnen hatte.

»Herr Kollmann, auch ich möchte Ihnen mein Beileid aussprechen. Dennoch wird es nötig sein, Sie im Zuge der Ermittlungen erneut zu kontaktieren. Bitte halten Sie sich für weitere Gespräche bereit und melden sich bei mir ab, wenn Sie verreisen müssen. Außerdem möchten wir Ihnen später noch die wenigen persönlichen Dinge, die wir am Tatort sicherstellen konnten und die für die Ermittlungen irgendwann uninteressant werden, aushändigen.« Mit diesen Worten überreichte er dem jetzt sehr schweigsamen Mann erstmal seine Visitenkarte.

»Auch ihr Handy?«, fragte Kollmann unvermittelt.

Darauf konnten und wollten die beiden Ermittler keine Antwort geben, als ihnen klar wurde, dass es doch ein Mobiltelefon geben musste.

Ohne weitere Unterhaltung fuhren die Männer in Richtung Monschau und brachten Ralf Kollmann nach Hause.

KAPITEL FÜNF

Steffens und Kirchfink waren sich danach schnell einig. Sie umfuhren Monschau, um gemeinsam in Mützenich im Konsum von Huberta dem Tag doch noch etwas Schönes abzugewinnen.

Hubertas Alter einzuschätzen war schier unmöglich. Sie verfügte über jede Menge Lebenserfahrung und hatte ihre Berufung darin gefunden, einen kleinen Konsum zu führen. In ihrem Lädchen bekam man die wichtigsten Lebensmittel von der Tiefkühlpizza bis zum frischen Obst, vom Schnürsenkel bis zum Schulheft und vom Mineralwasser bis zum Els, dem Kräuterschnaps, den es so nur in der Eifel gibt und dessen Herstellung hier in der Nordeifel beheimatet ist.

Nachdem einmal ein Geländewagen ins Schaufenster gerast war, hatte der kleine Laden über die Grenzen hinaus an Berühmtheit gewonnen.

Steffens parkte seinen alten Audi auf dem Schotterstreifen vor dem Geschäft. Eine Bank mit einem Tisch davor und zwei Klappstühle, wie man sie aus Biergärten kennt, waren hier einladend drapiert.

»Huberta erwartet uns«, scherzte der Kommissar. Er freute sich auf die mütterliche Frau, die er vom ersten Moment an ins Herz geschlossen hatte. Bei ihr bekam man neben der Möglichkeit, Lebensmittel zu kaufen, auch Lebensweisheiten und die allerneuesten Geschichten aus der Umgebung zu hören, was für Steffens häufig noch mehr wert war.

Huberta hatte die erstaunliche Gabe, wichtige Informationen für die beiden Ermittler bereit zu halten, ohne dabei ins Tratschen zu geraten. Dabei beantwortete sie nur konsequent Fragen, nicht mehr und nicht weniger. Das hatte ihr den Respekt beider Männer eingebracht, die die ältere Dame sehr schätzten.

Als Betreiberin des einzigen Ladens, der doch für den kleinen Ort so wichtig war, hatte Steffens sie früher irgendwann mal und fast schon liebevoll »*Die Hüterin des Heiligen Grals von Mützenich*« genannt. Huberta hatte es ihm mit dem tiefen Lachen, das sie als ehemalige Kettenraucherin entlarvte, gedankt. Und so waren die drei schon fast freundschaftlich miteinander verbunden.

Die Männer stiegen aus dem Auto und atmeten hörbar die frische, würzige Luft ein, die sich so sehr von der im klimatisierten Aachener Klinikum unterschied.

Noch während sie auf die kleine Eingangstreppe zugingen, ertönte der eindringliche Klingelton von Steffens Handy. »*I shot the sheriff*«. Bob Marley gab sein bestes, aber Kirchfink war nicht dessen Fan. Kopfschüttelnd betrachtete er seinen Chef.

Dieser wiederum lachte ihm entgegen: »Es kann nur einen geben und der heißt Bob und ich bin der Sheriff.« Noch immer grinsend nahm er das Telefonat an. Schlagartig wurden seine Gesichtszüge ernst und er hörte schweigend zu. Wie gelähmt war Steffens stehen geblieben. Auch Huberta, die gerade im Begriff gewesen war, den beiden Männern einen freundlichen Empfang zu bereiten, verspürte die Anspannung und verharrte auf der obersten Stufe. Kirchfink wirkte ebenfalls wie eingefroren, während er seinen Vorgesetzten beobachtete. Offensichtlich waren die Informationen wichtig und überraschend.

»Und es gibt keinen Zweifel?«, war die einzige Frage, die Steffens schon fast lautlos in den Hörer hauchte. »Dann danke ich Ihnen für die schnelle Info und versuche, mir darauf einen Reim zu machen.« Der Kommissar hörte noch eine Weile zu, bevor das Telefonat beendet war. Gedankenverloren steckte er das Handy in die Gesäßtasche seiner Designerjeans und betrachtete dabei seine ledernen Boots, die farblich perfekt zu seiner Lederjacke passten. Das schneeweiße T-Shirt war wie immer nur lässig in den Hosenbund gesteckt.

Fast unmerklich schüttelte er mit dem Kopf. Dabei pfiff er ganz leise die Melodie, die für Kirchfink schon zum Ohrwurm geworden war.

»Chef, darf ich mir einen anderen Klingelton für Ihr Handy wünschen?«

»Nicht jetzt, Kirchfink. Jetzt brauche ich einen starken Kaffee von Huberta«, lächelte er die ältere Dame freundlich an.

Offensichtlich hatte Steffens sich wieder gefasst. Huberta und Kirchfink betrachteten ihn neugierig, aber der Kommissar hüllte sich in Schweigen. Er genoss den Kaffee und die Anwesenheit der beiden vertrauten Personen, denen seine Nachdenklichkeit nicht entgangen war, und die so gerne nachgefragt hätten.

Mittlerweile hatten sie es sich auf der Bank und den beiden Stühlen vor dem Ladenlokal bequem gemacht. Noch erreichte die Abendsonne die kleine Gruppe, aber schon bald würde die Kirchturmspitze den letzten wärmenden Strahlen im Wege stehen.

»Huberta, kennen Sie den Ralf Kollmann?«, fragte Steffens.

»Wer kennt den Angeber nicht«, war ihre lapidare Antwort. Damit hatte sie alles gesagt.

KAPITEL SECHS

Wieder im Auto konnte Kirchfink seine Wissbegierde nicht mehr zurückhalten.

»Chef, nach dem Telefonat waren Sie offensichtlich irgendwie verändert. Ich will nicht neugierig sein, aber hatte das was mit unserem Fall zu tun?«

Steffens antwortete amüsiert: »Kirchfink, Sie sind neugierig, aber Sie haben auch Recht. Dr. Münster hat angerufen, um mir mitzuteilen, dass unser Opfer kurz vor dessen gewalttätigen Tod noch Geschlechtsverkehr hatte.«

»Na und? Die Frau war jung und relativ frisch verheiratet. Was ist so ungewöhnlich daran?«

»Einfach betrachtet nichts, mehrfach betrachtet jede Menge.« Steffens genoss offensichtlich seinen Wissensvorsprung.

»Hä?«, fragte Kirchfink irritiert.

»Mehrfach und jede Menge bedeutet in diesem Kontext, dass die Dame keinesfalls der Inbegriff einer treuen Ehefrau gewesen war. Stattdessen haben die Untersuchungen von Dr. Münster ergeben, dass unser Opfer vor Kurzem noch mit mehreren Männern intim gewesen sein muss«, erklärte Steffens leicht gestelzt.

»Freiwillig?«, fragte der Assistent ernst.

»Genau das konnte Dr. Münster mir nicht erklären. Es gibt keine Anzeichen von Gewalt, bis auf die Todesursache und die Kampfspuren. Ich weiß, das klingt widersprüchlich, aber eine Vergewaltigung schließt der Pathologe aus.«

»Ja verdammt, hat Nina sich nun prostituiert oder wurde sie sogar dazu genötigt?«

»Kirchfink, das ist die Schlüsselfrage. Wenn sie Geld brauchte, um sich zum Beispiel von ihrem Mann zu trennen, kommt eine freiwillige Geldbeschaffung in

Frage. Wurde Nina genötigt, müssen wir sowohl an eine Erpressung als auch an K.O. Tropfen denken.«

Kirchfink wurde nachdenklich: »Ist ja nur so ein Gedanke, aber haben wir das richtig verstanden, dass sich Ralf Kollmann mit seiner Ehefrau geschmückt und vor seinen Geschäftspartnern mit ihr angegeben hat?« Ohne eine Antwort abzuwarten fuhr der Assistent fort: »Ist es dann vielleicht auch im Bereich des Möglichen, dass er sie stundenweise an diverse Männer verkauft hat?«

Steffens musterte seine Assistenten anerkennend.

»Wir werden uns sehr gezielt den gehörnten Ehemann vorknöpfen. Aber auch die besorgte Freundin weiß vielleicht mehr«, war die kurze Antwort des Kommissars.

»Ich werde sie beide morgen ins Präsidium bitten«, vervollständigte Kirchfink.

»Gut, aber bloß nicht gleichzeitig. Bevor wir uns mit Ralf Kollmann unterhalten, hätte ich gerne die Informationen, die uns hoffentlich die beste Freundin geben kann. Die wird also zuerst eingeladen.«

»Mach ich, Chef!«

Steffens stellte sein Auto in Monschau auf dem Anliegerparkplatz ab. Die beiden Männer wünschten sich eine gute Nacht. Was Kirchfink noch vorhatte, wusste der Kommissar nicht. Er selbst wollte endlich seine Wohnung aufräumen, bevor er dann seinen Brummschädel wieder in das weiche Kopfkissen legen konnte. Der Kommissar war aus den Kneipen der Stadt Köln einiges gewöhnt, aber er musste zugeben, dass ihn die Monschauer Kirmes echt umgehauen hatte.

Er schloss die Haustür auf und verschwand schnell in der kleinen, gemütlichen Ferienwohnung, die eigentlich nur sein Übergangsdomizil hatte sein sollen, bis er eine passende Bleibe für sich gefunden hatte. Die alten Balken des Fachwerkhauses waren bei der liebevoll gestalteten Renovierung freigelegt worden und dienten als Raumteiler zwischen der Küchenzeile und dem Wohnraum. Ein separates Schlafzimmer und ein Duschbad komplettierten sein kleines Reich. Steffens hatte sich hier von Anfang an wohlgefühlt.

Er schüttelte stumm den Kopf, als er die heillose Unordnung wahrnahm, die er vorgestern Abend hier mit den anderen veranstaltet hatte.

Dunkel erinnerte er sich daran, dass Kirchfink und einige seiner Bekannten mitgekommen waren. Sie hatten alle Pizza bestellt und ihm irgend so ein dämliches Trinkspiel beigebracht. Steffens hatte die Regeln nicht verstanden und so hatte viel mehr Els den Weg durch seine Kehle gefunden, als ihm lieb gewesen war. Dem Kommissar wirbelten dröhnendes Gelächter und viele lustige, schlüpfrige Sprüche im Kopf umher.

Der Mord an Nina Kollmann hatte ihn bitter in die Realität zurückgeholt. Während er die Reste des feuchtfröhlichen Abends wegräumte, wanderten seine Gedanken immer wieder zu den heutigen Ereignissen. Vielleicht war es ja gar nicht so dumm, vor den Verhören von Julia Kosslik und Ralf Kollmann, den Tatort erneut zu besichtigen.

Steffens griff nach seinem Handy und schrieb eine kurze Mitteilung an seinen Assistenten, damit dieser nicht schon für den Vormittag die beiden ins Präsidium einbestellte. Kirchfink sollte bei der Tatortbesichtigung unbedingt dabei sein.

Eine halbe Stunde später waren die Spuren des Herrenabends weggeräumt. Sichtlich erfreut über die gewohnte Ordnung ließ Steffens den Blick durch seine kleine Wohnung gleiten, bevor er schließlich in sein Bett fiel. Trotz der Müdigkeit dauerte es lange, bis er Ruhe fand. Sein Instinkt sagte ihm, dass sich dieser Fall als viel komplexer entpuppen würde, als es jetzt noch schien. Wie ein Raubtier hatte er die Fährte aufgenommen und war fokussiert auf das, was ihm geboten wurde.

KAPITEL SIEBEN

Am nächsten Morgen trafen sich Kommissar Steffens und sein Assistent Kirchfink auf dem Wanderparkplatz, von wo aus man schnell den Tatort erreichen konnte. Steffens fühlte sich sichtlich wohler als gestern. Er hatte sich von der durchzechten Nacht erholt. Wie immer trug er eine Edeljeans mit einem lässig im Hosenbund fixierten weißen T-Shirt und seine schon fast legendäre Lederjacke. Vorausschauend hatte er die Lederboots, die normalerweise nicht wegzudenken waren, gegen dunkelgrüne Gummistiefel getauscht. Er wusste, es ging ins Venn und vor dieser Hochmoorlandschaft wollte Steffens seine teuren Schuhe schützen. Es war schon schlimm genug, dass während der Ermittlungen des vorigen Mordfalls seine Lederjacke mit einem Messer attackiert worden war. Glücklicherweise war sie gekonnt repariert worden. Und so erinnerte nur noch ein dünner, narbengleicher Strich am Ärmel an dieses Ereignis.

Kirchfink mimte eher den klassischen Bankangestellten. Er trug eine Kombination aus Stoffhose und Jackett. Ein tadellos gebügeltes, leicht rosafarbenes Hemd mit passender, gestreifter Krawatte rundete dieses Erscheinungsbild ab und wirkte hier draußen völlig deplatziert. Aber auch er war der Vernunft gefolgt und hatte seine Hosenbeine fein säuberlich in grellgelbe Gummistiefel gesteckt, die einen schon fast lächerlichen Kontrast zum restlichen Erscheinungsbild darstellten.

Die beiden Männer hätten nicht unterschiedlicher auftreten können.

»Guten Morgen, Kirchfink«, begrüßte Steffens seinen Kollegen, offensichtlich belustigt über dessen Outfit.

»Guten Morgen, Chef, heute wieder fit nach der Überraschung, dass man in Monschau auch Spaß haben kann?«, konterte der Assistent und grinste.

»Der Punkt geht an Sie«, antwortete Steffens.

Daraufhin verkniff sich Kirchfink jede weitere Bemerkung und die beiden Männer gingen zügig in Richtung der Stelle, wo noch immer das weiß-rote Flatterband mit der Aufschrift *Polizei* den Zugang versperrte.

»Wenn ich das Geschehen jetzt so wie Dr. Münster rekonstruiere, wurde das Opfer ungefähr aus dieser Richtung erschossen und fiel daraufhin ungebremst in den Matsch«, begann Steffens mit seinen Überlegungen. »Es muss ein verdammt guter Schütze gewesen sein, der bei schlechten Lichtverhältnissen so präzise zielen konnte.«

Kirchfink machte weiter: »Es war mit Sicherheit auch kein gemütlicher Spaziergang gewesen. Ich könnte mir vorstellen, dass Nina Kollmann vor ihrem Mörder geflüchtet ist, ja, dass hier eine regelrechte Verfolgungsjagd stattgefunden hat.«

»Das würde eventuell bedeuten, dass sich Opfer und Täter kannten«, resümierte Steffens weiter. »Dr. Münster war ja auch schon von einer Verfolgungsjagd ausgegangen. Mal sehen, ob die Spurensicherung gründlich gearbeitet hat. Hier innerhalb des abgesperrten Bereichs haben die mit Sicherheit jeden Stein und jedes Blatt umgedreht. Aber wenn wir uns den Fluchtweg, den Nina Kollmann langgerannt ist, mal genauer ansehen, vielleicht finden wir ja außerhalb der Absperrung, also davor, noch irgendetwas.«

»Man ist gut beraten, wenn man im Hohen Venn die Holzstege benutzt, die Moorlandschaft ist tückisch«, dozierte Kirchfink. »Aber denkt jemand auch bei einer Flucht an die Gefahr, die seitlich rechts und links neben diesen Brücken lauert? Also uns Eifelkindern hat man das quasi eingebläut. Ob das bei Nina Kollmann auch der Fall war, weiß ich nicht. Wo kam die überhaupt her? Stammte sie von hier?«

»Gute Frage, Kirchfink. Ich weiß es tatsächlich nicht«, antwortete Steffens. »Wir werden das später im Präsidium klären. Aber dennoch sind die Stege ein Anhaltspunkt, wo die Verfolgungsjagd stattgefunden haben muss.«

Die beiden Männer konzentrierten sich auf ihre Suche, ohne zu wissen, was es eigentlich zu finden gab. Die Köpfe gesenkt und die Hände in den jeweiligen Hosentaschen ähnelten sie in ihren Bewegungen einander, trotz des so gegensätzlichen Erscheinungsbildes.

Sie hatten sich schon etliche Meter vom Flatterband entfernt, als vor Steffens plötzlich ein kleiner, in der Sonne metallisch blinkender Gegenstand lag. Er blieb stehen, kniff die Augen zusammen und staunte nicht schlecht. Vor ihm lag eine E-Zigarette. Vorsichtig hob er das moderne Rauchutensil mit Hilfe eines kleinen Plastikbeutels auf, indem er diesen als Handschuh benutzte und dann über den Gegenstand stülpte. Hinter ihm ertönte ein lautes Lachen.

»Chef, wirklich«, prustete Kirchfink, »ich freue mich ja über jeden Hundebesitzer der in der Lage ist, die Kacke seines Tieres aufzusammeln, aber bitte schön: Wo ist Ihr Hund?«

»Mein Hund ist unsichtbar und scheißt E-Zigaretten«, war die lapidare Antwort.

»Und das so relativ nah am Tatort?«

»Naja, ob das Ding jetzt dazugehört oder einem Wanderer aus der Tasche gefallen ist, hat es mir noch nicht verraten. Von hier bis zum Leichenfundort sind es doch bestimmt hundert Meter.«

Beide blickten zurück zur Absperrung und nickten synchron.

»Kommt hin«, meinte auch Kirchfink.

Und weiter ging es mit gesenkten Köpfen, den Blick starr auf den Boden gerichtet.

Der Radius des Gebietes, das die beiden Männer durchforsteten, wurde immer größer, ohne dass sie es wirklich bemerkten. Zum einen waren sie darauf fokussiert, irgendetwas zu finden, von dem sie selber nicht wussten, was es ein könnte, zum anderen mussten sie sich aber auch besonders darauf konzentrieren, nicht in zu sumpfiges Gebiet abzudriften. Dabei kam es jetzt darauf an, auch die Vegetation im Blick zu haben und Sumpfgräser schnell zu erkennen, um nicht an deren Standort einzusinken. So arbeiteten die Männer schweigend und konzentriert, bis plötzlich Kirchfinks fröhliche Stimme die Stille, die nur durch Vogelgezwitscher angereichert wurde, durchbrach.

»Also mein Hund ist auch durchsichtig und, ich will es mal gesellschaftsfähiger ausdrücken, hinterlässt Handys.«

Steffens blickte unwillkürlich zu seinem Assistenten hinüber und beobachtete, wie dieser, genau wie er selbst vor circa einer halben Stunde, einen kleinen Plastikbeutel mit einem Gegenstand füllte. Es sah tatsächlich so aus, als wenn ein ordentlicher Hundehalter die Hinterlassenschaften seines vierbeinigen Freundes einsammelt.

»Stimmt, bei der Tätigkeit fehlt Ihnen tatsächlich nur noch der Hund«, rief er ihm zu, erfreut, dass etwas offensichtlich Wichtiges gefunden worden war. Schnell eilte der Kommissar zum Fundort und rief schon von weitem: »Ist noch Saft drauf?«

»Nee, leider nicht. Aber das Handy steckt in einer ehemals rosa Plüschhülle und irgend so ein goldfarbenes Gebaumels soll das Ganze wohl noch schöner machen. Jetzt ist alles ziemlich matschig, aber ich denke, es gehört beziehungsweise gehörte offensichtlich einer Frau.«

Mit der letzten Silbe der Erklärung hatte Steffens den Assistenten erreicht und klopfte ihm anerkennend auf die Schulter: »Mal wieder den richtigen Riecher gehabt, Kirchfink. Na dann beenden wir das hier und laden das Ding im Präsidium auf. Vielleicht kann es uns dann etwas verraten.«

Zufrieden traten sie den Rückweg zur Monschauer Polizeistation an. Als sie sich Mützenich näherten, mussten sie der Verkehrsanweisung entsprechend langsamer werden. Steffens signalisierte dem hinter ihm fahrenden Kirchfink, dass sie noch eine kleine Pause bei Huberta einlegen sollten. Das ließ der Assistent sich nicht zweimal sagen. Zu gerne genoss er die Pausen bei der Mitfünfzigerin mit dem herzlichen Lachen. Was würde dem Ort Mützenich verlorengehen, wenn Huberta eines Tages diese Institution nicht mehr verkörpern würde. Kirchfink wollte gar nicht darüber nachdenken.

Offensichtlich war gerade neue Ware geliefert worden. Drei Palletten mit unterschiedlichen Verpackungen waren mit durchsichtiger Stretchfolie umhüllt und warteten vor dem kleinen Laden darauf, ausgepackt zu werden. Aber Huberta nahm sich Zeit. Wie von Steffens erwartet, stand die Frau vor dem voluminösen Kaffeeautomaten und füllte ihn mit frischem Wasser und neuen Bohnen. Die beiden Männer hätten nicht pünktlicher erscheinen können.

»Na, ihr Kommissare, im Einsatz in Sachen Mord an Nina Kollmann?«, fragte sie auffallend neugierig. Eine so direkte Frage war ungewöhnlich und Steffens hob erstaunt seine linke Augenbraue, ohne die rechte dabei zu bewegen.

Aber er sagte nichts, nickte nur und bat um einen starken Espresso. Kirchfink tat es ihm gleich und die humorvolle Ladenhüterin, wie Steffens sie auch gerne nannte, ließ drei Espressi in die entsprechenden Tässchen laufen. Schweigend nahmen alle drei neben den Palletten vor dem Eingang zum Lädchen auf den Stühlen und der Bank Platz und nippten an dem Heißgetränk, das seinen Namen völlig zurecht trug.

»Der ganze Ort steht Kopf«, begann Huberta erneut, wie, um ihre neugierigen Fragen zu entschuldigen. »Ihr könnt euch gar nicht vorstellen, wie die mir hier alle die Tür einrennen. Ich hatte schon überlegt, mein altes Waffeleisen rauszuholen und frische Waffeln anzubieten. Bei dem Kundenverkehr wäre das ein lukrativer Nebenverdienst.« Es folgte ihr ansteckendes Lachen, dem niemand widerstehen konnte.

»Huberta, du wirst die Erste sein, die wir selber darüber in Kenntnis setzten werden, wenn der Fall gelöst ist«, versprach Steffens, zahlte den Kaffee und forderte Kirchfink auf, mit ihm ins Kommissariat zu fahren.

Danach war es nicht mehr weit bis Monschau und die beiden Männer erreichten guter Dinge ihr Büro, wo die Streifenpolizisten Basti Schreiber und Paul Kreitz schon voller Neugierde auf sie warteten.

KAPITEL ACHT

Steffens und sein Assistent hielten die beiden gefundenen Gegenstände wie Jagdtrophäen in die Luft.

»Petri Heil!«, lobte Basti Schreiber, der jüngere der beiden Beamten.

»Oder sollte man hier jetzt besser Waidmanns Heil sagen?«, ergänzte der ältere, Paul Kreitz. »Schließlich waren die Herren Ermittler ja im Wald.«

»Aber auf ziemlich wässrigem Untergrund. Da passt ja dann auch der Anglergruß«, ließ Basti Schreiber nicht locker.

Steffens atmete hörbar aus. Er wurde angesichts dieses sinnlosen Dummgebabbels ungeduldig.

»Also, die Herren, wenn wir schon mal so nett über eventuelle Indizien plaudern, fände ich es jetzt sehr angebracht, die Kollegen der Spurensicherung ins Boot zu holen.«

»Also doch Petri Heil«, maulte Basti Schreiber, der gerne das letzte Wort hatte.

Kirchfink konnte sich ein Grinsen kaum verkneifen und überbrückte den Anflug von unangebrachter Heiterkeit, indem er sich intensiv um den Sitz seiner Krawatte kümmerte.

Steffens hingegen kochte innerlich und fand nur schwer zu einem gemäßigten Umgangston zurück.

Paul Kreitz spürte die aufkeimende Ungeduld und kam dem Kommissar zu Hilfe. »Ich mach das schon, Chef. Geben Sie mir mal die Fundstücke, ich rufe sofort in Aachen an und frage, wie schnell wir mit dem ersten Untersuchungsergebnis rechnen können. Wenn nötig, flitze ich mit dem Streifenwagen zu den Kollegen, um ihnen die Utensilien zu bringen!«

Dankbar nahm Steffens das Friedensangebot an und würdigte den erfahrenen Paul Kreitz mit einem wohlwollenden Blick. Das war knapp gewesen. Der Kommissar beruhigte sich langsam wieder. Die in Köln erlernte Atemmethode wirkte auch in Monschau.

»Was haben wir denn?«, fragte Paul Kreitz und musterte interessiert die beiden durchsichtigen Beutel. »Aha, eine E-Zigarette und ein Damenhandy. Das sieht aber schon ziemlich ramponiert aus«, bemerkte der Streifenbeamte. »War bestimmt mal rosa. Und dann noch mit Kunstpelz«, schüttelte er sich theatralisch. »Genau so eine Hülle wollte meine Tochter auch immer haben.«

Keiner ging weiter auf diese Bemerkung ein und so griff Paul Kreitz zum Telefonhörer, um die Aachener Kollegen »*ins Boot zu holen.*«

Kurz danach schnappte er sich den Autoschlüssel und winkte Basti Schreiber zu. »War ja klar, wir müssen das Zeug dahinbringen.«

»Es wird wohl nötig sein, das Handy aufzuladen und dann irgendwie zu entsperren. Außerdem brauchen wir eventuelle Fingerabdrücke. Vielleicht gibt die Verschmutzung ja sogar Aufschluss darüber, wie lange das Teil schon im Matsch gelegen hat. Ja, und mit der E-Zigarette wissen die ja selber, was zu tun ist«, gab Steffens noch einige, wie er glaubte, wichtige Anweisungen.

Nachdem die beiden Beamten weggefahren waren, trat erst mal Ruhe ein.

»Chef, eigentlich wollten wir doch heute noch die Freundin, Julia Kosslik, und den Ehemann, Ralf Kollmann, verhören«, meldete sich Kirchfink hinter seinem Schreibtisch.

Steffens sah auf seine Armbanduhr. Ein leichter innerer Schmerz durchströmte ihn. Zum einen war die Uhr ein Geschenk Christinas gewesen, als seine kleine Welt in Köln noch in Ordnung gewesen war. Sie hatte genau seinen Geschmack getroffen. Das schlichte, klassische Zifferblatt mit der leicht versenkten Krone am rechten Rand. Das braune Lederband war vornehm gealtert und passte perfekt zu seiner Lederjacke und somit auch zu seinen Boots Zum anderen spürte er seit neuestem ein inneres Verlangen nach Julia. Er betrachtete das Schmuckstück etwas zu lange, obwohl er gedanklich viel mehr bei Julia war. Dieser innere Zwist brachte ihn an den Rand der Verzweiflung. Er antwortete: »Wissen Sie, Kirchfink, wir sollten erst in der Stadt eine Kleinigkeit zu Mittag essen. Und dann besuchen wir den Kollmann unangemeldet. Mal sehen, ob uns ein Überraschungsbesuch weiterbringt.«

Kirchfink, dem die sentimentale Reaktion des Kommissars nicht entgangen war, nickte, griff nach seinem Jackett, das er ordentlich über die Stuhllehne gelegt hatte und öffnete seinem Chef die Bürotür. Dieser warf seine Lederjacke lässig über die Schulter, bevor die beiden durchtrainierten Männer sehr sportlich und in rasantem Tempo die Treppe aus der vierten Büroetage runter zum Personalparkplatz spurteten.

Unten angekommen entschieden sie sich, zu Fuß in die Altstadt zu gehen, wo etliche Cafés und kleine Esslokale schon ihre Außenbewirtung unter bunten Schirmen geöffnet hatten.

Das Wetter spielte mit, die Sonne war an diesem Spätsommertag über Mittag noch sehr warm, von der *Rur* wehte eine leichte Brise herüber und die breiten Kronen der alten Kastanienbäume trugen noch genug Laub, um natürlichen Schatten zu spenden. Ein angenehmes Rascheln der Blätter erreichte friedlich die beiden Männer, die sich für Sandwiches im Lokal einer Bäckereikette entschieden hatten. Mit zwei Tabletts bewaffnet enterten sie einen freien Tisch und fingen genüsslich an zu essen. Kirchfink sorgte sich um seine Krawatte und steckte sie ordentlich zwischen den dritten und vierten Knopf seines gut gebügelten Hemdes.

Steffens beobachtete ihn amüsiert: »Echt, diesmal zwischen dem dritten und dem vierten Knopf?«, versuchte er seinen Assistenten aus der Ruhe zu bringen. Aber ohne Erfolg, Kirchfink antwortete gekonnt: »Kommt aufs Hemd an.« Steffens schluckte mit dem nächsten Bissen jede weitere Bemerkung runter.

Sie aßen schweigend, bis sie nach dem Mittagskaffee zurück zu Steffens altem Audi gingen. Der Streifenwagen war ja unterwegs nach Aachen und so stiegen sie in das geerbte Auto, das früher mal Steffens Opa gehört hatte. Es würde nicht mehr lange dauern, dann hatte der gut gepflegte Audi das Alter, um ein »Historisch«-Kennzeichen zu bekommen. Steffens fieberte diesem Moment entgegen.

KAPITEL NEUN

Der Weg zum luxuriösen Anwesen von Ralf Kollmann erschien den beiden Ermittlern heute kürzer als beim ersten Mal. Auch traf sie der übertrieben zur Schau gestellte Reichtum nicht mehr so unvorbereitet, dennoch wollte sich das Gefühl der Akzeptanz nicht einstellen. Besonders Steffens, der in Köln unter anderem mit Drogendealern und auch deren häufig obdachlosen Kunden und anderen Randgruppen konfrontiert gewesen war, empfand diese Lebensform schon fast als Perversion an der Gesellschaft. Es fiel ihm schwer, seine Vorurteile zu drosseln. Die abstoßende Persönlichkeit Ralf Kollmanns tat ihr Übriges dazu.

Die Einfahrt war wieder nicht verschlossen und so erreichten die beiden Männer diesmal nicht zu Fuß, sondern mit dem altem Audi die schwere Eichentür, die den trutzigen Eingang bildete.

Der sonore Klingelton simulierte Gediegenheit. Heute wurde die Haustür von einer etwa fünfzigjährigen Frau geöffnet, die zweifellos für die Sauberkeit im Hause Kollmann zuständig war. Sie hatte ihren etwas zu fülligen Körper in enge schwarze Leggings gequetscht und als Ausgleich ein sehr großes, schwarzes T-Shirt darüber gezogen, das wie ein zu kurzes Kleid so gerade die Mitte der Oberschenkel erreichte. Ihr freundliches, ungeschminktes Gesicht wurde von einem Prinz-Eisenherz-Haarschnitt eingerahmt, wie er in den 1970ern modern gewesen war. Ihre nackten Füße mit den rot lackierten Nägeln steckten in Tiefbettsandalen, die zu den Außenrändern hin schon ziemlich ausgelatscht waren.

Steffens war froh, einer so menschlich und normal wirkenden Frau gegenüber zu stehen und nicht sofort Ralf Kollmanns Arroganz ausgeliefert zu sein.

»Sie wünschen?«, fragte die Frau, offenbar geschult.

»Wir ermitteln im Mordfall Nina Kollmann. Mein Name ist Steffens und das hier ist mein Assistent Kirchfink«, antwortete der Kommissar. »Und wer sind Sie?«, fragte er ohne Umschweife.

»Ich bin Gerda Krings aus Kalterherberg. Früher hätte man mich wohl Putzfrau genannt, aber hier bin ich die Zugehfrau«, amüsierte sie sich offensichtlich immer noch über die sprachliche Beförderung ihres Berufsstandes. Aber das Leuchten in ihrem Gesicht erlosch genauso schnell, wie es erschienen war.

»Die arme Frau Kollmann. Sie war immer so nett und gepflegt. Sie war freundlich, jung und voller Energie. Manchmal lag sie allerdings bis zum Mittag im Bett. Dann hatte sie wohl Migräne. Herr Kollmann bat mich an solchen Tagen um absolute Ruhe, um seine Frau nicht zu wecken. Sie müsse sich ausschlafen, hat er mir immer erklärt.« Ohne Übergang fragte sie weiter: »Wer macht denn so etwas Furchtbares. Man erzählt sich, sie sei mit einem Maschinengewehr durchlöchert worden! Stimmt das?«

Steffens schaffte es kaum, den unerwarteten Redeschwall zu stoppen. Die noch immer im Raum stehende Frage nach dem Maschinengewehr ließ er unbeantwortet. Sollten sich doch die Leute an ihren eigenen Gerüchten die Zähne ausbeißen.

Stattdessen nahm er Bezug auf die Vormittage, an denen Nina Kollmann offensichtlich von Migräne gegeißelt worden war.

»Haben Sie ihr dann auch manchmal Medikamente oder saure Gurken, einen starken Espresso oder kühle Umschläge gebracht?« Steffens kannte das volle Programm aus Kindheitstagen, als seine Mutter genau wegen solcher Kopfschmerzen unfähig gewesen war, sich um ihn und seine drei jüngeren Geschwister in Köln-Nippes zu kümmern. Er hatte damals in solchen Situationen die Verantwortung der Versorgung gehabt.

»Ich durfte da nicht rein. Wenn ich an solchen Tagen leise den Flur vor ihrem Zimmer geputzt hab, immer nur mit flüssiger Schmierseife, weil die so gut riecht, konnte ich sie hinter der Tür oft weinen hören. Sie muss echt starke Schmerzen gehabt haben«, beantwortete die Frau, ohne es zu wissen, schon im Vorfeld die nächsten Fragen.

Die beiden Ermittler horchten auf, ließen sich aber, als hätten sie es vorher abgesprochen, ihr Interesse nicht anmerken.

»Ist Herr Kollmann da?«, fragte Steffens

»Sie haben aber Glück, er ist auf dem Sprung nach Paris zu irgendeinem Meeting, wie er das nennt. Ich glaube er meint ein Treffen.«

Steffens schluckte den aufkeimenden Ärger hinunter. Wieso wollte der abgebrühte Kerl so unmittelbar nach dem gewaltsamen Tod seiner Frau nach Paris reisen? Noch dazu, da er ihn gebeten hatte, sich zur Verfügung zu halten! Der Kommissar tat das, was er im Kölner Psychotraining für Resilienz gelernt hatte: Er atmete mehrere Male tief ein und aus und wartete auf die innere Beruhigung.

Kirchfink hatte seinen Chef genau beobachtet und kam ihm zu Hilfe. »Dann möchten wir Sie doch bitten, uns zu ihm zu bringen. Wir haben noch einige Fragen an Herrn Kollmann.«

»Nicht nötig, Frau Krings. Ich habe vom Badezimmerfenster aus das unverwechselbare alte Auto des Kommissars gesehen«, kam Kollmanns Stimme aus dem Hausflur. Er trat an seine Zugehfrau heran: »Wenn Sie meine Hemden fertig gebügelt haben, und auch die Anzüge parat für den Koffer sind, können Sie für heute Schluss machen. Denken Sie bitte daran, während meiner Abwesenheit den Poolbauer daran zu erinnern, dass er eigentlich schon vorige Woche den Fehler in der automatischen Chloranlage beheben wollte. Wir möchten doch nicht, dass etwas passiert.«

Fassungslos beobachtete Steffens, wie scheinbar gleichgültig, angesichts des Mordes an seiner Frau, Ralf Kollmann zur Tagesordnung übergegangen war. Bei der letzten Bemerkung allerdings fiel dem Kommissar buchstäblich die Kinnlade hinunter. *Das etwas passiert* hallte in seinem Kopf nach.

Und wieder war es Kirchfink, der das Gespräch möglichst friedlich mit nur einer Frage in Gang hielt: »Sie wollen also verreisen?«

»Ich bin ein freier Mann und Sie werden mich wohl kaum daran hindern können, meinen Geschäften nachzugehen.«

»Natürlich nicht, aber wir vom Ermittlerteam haben Sie gebeten, sich zur Verfügung zu halten. Zumindest hätten Sie uns über Ihre geplante Geschäftsreise in Kenntnis setzen müssen!«, belehrte Kirchfink den gestern noch so schweigsamen Mann, dessen Blick heute an Arroganz nicht zu überbieten war.

»Wo waren Sie Samstagabend und wann haben Sie Ihre Frau das letzte Mal lebend gesehen?«, fackelte der Kommissar nicht lange. Er wollte unbedingt die Oberhand zurückgewinnen.

»Am Samstag saß ich abends im Flieger von Venedig nach Köln. Meine Frau habe ich vor dieser Geschäftsreise zuletzt gesehen, da war sie quicklebendig und freute sich auf ein Treffen mit ihrer Freundin, Julia Soundso.«

»Waren Sie alleine im Flugzeug und wer kann ihre Aussage bestätigen?«, bohrte der Kommissar weiter.

»Ich glaub es nicht.« Kollmann wurde wütend. »Ich bin hier der Witwer und stehe jetzt in Verdacht, meine Frau ermordet zu haben? Aber bitte: Meine Begleitung heißt Frau Nießen, sie leitet das Projekt, das wir gemeinsam in Venedig vorgestellt haben. Sie ist meine enge Vertraute und Mitarbeiterin in der Geschäftsführung. Nach meiner Rückkehr aus Paris können Sie sie in der Firma antreffen. Bis dahin müssen Sie sich schon gedulden. Frau Nießen begleitet mich auch nach Paris.

Und jetzt entschuldigen Sie mich, mein Fahrer kommt jede Minute und bringt uns, also Frau Nießen und mich, nach Aachen zum Hauptbahnhof. Dort startet der Thalys zum Gare du Nord, dem historischen Bahnhof in der wunderschönen Hauptstadt von Frankreich.«

»Ich kann gar nicht so viel fressen, wie ich kotzen will«, kommentierte der Kommissar den Besuch bei Kollmann, als die beiden Ermittler wieder in Steffens altem Auto saßen. »Und sagen Sie jetzt nicht, das sei eine unmäßige Formulierung«, setzte er noch einen drauf, bevor Kirchfink eine kritische Bemerkung in Bezug auf die Wortwahl loswerden konnte.

Stattdessen richtete der Assistent seinen Krawattenknoten und ließ seinen Chef verbal toben. Kirchfink hatte mittlerweile gelernt, damit umzugehen. Vorsichtig, nach den richtigen Worten ringend, gab er zu bedenken, dass sie sich auf keinen Fall einer Vorverurteilung hingeben dürften, auch wenn der Eindruck noch so sehr gegen Kollmann sprach.

»Sie haben ja Recht, Kirchfink«, lenkte Steffens ein. »Aber finden Sie es nicht auch ziemlich auffallend, wie Kollmann den Mord an seiner Frau scheinbar billigend in Kauf nimmt, ja geradezu an sich abprallen lässt und so mir nichts, dir nichts zur Tagesordnung übergeht?«

»Es macht ihn jedenfalls sehr unsympathisch, aber noch lange nicht zum Mörder der eigenen Frau«, versuchte Kirchfink die Professionalität wiederzuerlangen.

»Sie haben schon wieder Recht. Kommen Sie, wir fahren zu Huberta«, lenkte Steffens ein.

Bis die beiden Männer in Mützenich angekommen waren, hatte Steffens sich wieder beruhigt. Er kraxelte aus dem Auto, stopfte das weiße T-Shirt lässig in den Hosenbund seiner Jeans und warf die Lederjacke über die Schulter.

Huberta freute sich. So schnell hatte sie nicht mit einem erneuten Besuch der beiden gerechnet. Sie war gerade damit fertig geworden, die Ware von den Palletten in die Regale zu räumen oder in dem kleinen Lager, das sich hinter dem Verkaufsraum anschloss, zu verstauen.

»Na, weitergekommen?«, fragte sie nicht neugierig, sondern mehr zur Begrüßung.

»Ja, wir haben Gerda Krings bei Kollmann kennengelernt«, antwortete Kirchfink eifrig, Steffens hielt sich noch etwas zurück.

»Ach, die Gerda. Eine ehrliche Haut mit drei fast erwachsenen Kindern und keinem Mann. Die arbeitet, um die Brut durchs Studium zu kriegen. Aber die drei sind in Ordnung. Die wissen, was sie an ihrer Mutter haben und wie sehr sich Gerda zurückgenommen hat, um ihren Kindern eine Perspektive zu schaffen.«

Steffens nickte mit dem Kopf, weil sein Eindruck auf so simple Weise bestätigt wurde.

»Ist sie schon lange beim Kollmann?«, fragte er.

»Genau weiß ich das nicht, aber sie war schon vor der Hochzeit von Ralf Kollmann und seiner jetzt ermordeten Frau in dem Haushalt.«

»Und der Witwer fährt morgen im Thalys nach Paris, nicht alleine, sondern mit seiner Projektmanagerin, Frau Nießen«, machte Steffens seinem Unmut erneut Luft, nicht ohne den Begriff *Projektmanagerin* besonders abfällig zu betonen.

»Oh, die Nießen«, sinnierte Huberta. »Jetzt ist sie also Projektmanagerin.«

»Ja, oder Leiterin. Jedenfalls ist sie die Begleitung des offensichtlich nicht sehr trauernden Witwers. Die beiden waren wohl auch gemeinsam in Venedig, als der Mord geschah«, ergänzte Kirchfink.

Steffens sah seinen Assistenten missbilligend an und zog die linke Augenbraue hoch. »Das sind Ermittlungsergebnisse, die nicht in den Konsum von Mützenich gehören!«, maßregelte er Kirchfink.

»Ach, lasst mal gut sein. Ich weiß, wann man schweigen muss«, lachte die Verkäuferin. »Ist ja jetzt keiner im Laden und ich habe wie immer nichts gehört. Aber es stimmt mich nachdenklich, dass der Kollmann mit seiner Angestellten in die Städte der romantischen Liebe, Venedig und Paris, fährt. Ich stelle mir gerade lebhaft vor, welches seiner Projekte die Nießen leitet, oder besser gesagt in der Hand hält.« Huberta ließ ihr donnerndes Lachen ertönen, vor dessen Ansteckung keiner sicher war, auch die beiden Ermittler nicht.

»Arme Nina Kollmann, gehörnt und dann noch ermordet.«

Steffens ließ die Bemerkung unkommentiert. Das Obduktionsergebnis ließ ja auch den Schluss zu, dass Kollmann der Gehörnte war.

KAPITEL ZEHN

Für Ende September war es noch immer ungewohnt mild. Der Abend versprach trockenes Wetter und so beschloss Steffens, die wenigen Stunden vor dem Sonnenuntergang auf seiner Bank zu verbringen. Wie immer parkte er das Auto am Fuße des Steling, der im Umkreis von Monschau höchsten Erhebung. Von dort oben hatte man einen grandiosen Blick, bei klarem Wetter angeblich sogar bis zum Drachenfels.

Diese Beschreibung kannte der Kommissar allerdings nur aus dem Touristenführer, den er aus Köln mitgebracht hatte, um sich auf sein neues Leben als Kommissar in Monschau vorzubereiten. Er selber hatte im Dunst in der Ferne immer nur die unzähligen Windräder wahrgenommen. Der Horizont war weit weg.

Sein Assistent Kirchfink hatte ihn gleich zu Beginn seiner Tätigkeit hier in Monschau auf diesen denkwürdigen und auch geschichtsträchtigen Platz aufmerksam gemacht. Steffens war sofort begeistert gewesen und befand sich damit in bester Gesellschaft, denn der Überlieferung nach, hatte hier schon der ehrwürdige alte Kaiser Karl wenige hundert Meter von der Philosophenbank entfernt auf einem überdimensionalen Felsen übernachtet. Noch heute kann man die angeblichen Abdrücke auf der matratzenförmigen Oberfläche des Steins erkennen, wo vor vielen Jahren das Haupt und dem Gesetz der Schwerkraft folgend etwas tiefer eben auch der Hintern des Monarchen gelegen haben sollen. Eine Gedenktafel erinnert an diese Sage rund um *Kaiser Karls Bettstatt*.

Der damalige Diener des Monarchen wiederum war seinerseits sehr besorgt gewesen, dass sein Herr sich in der rauen Eifel empfindlich erkälten könne. Schließlich war die Herberge im benachbarten Ort kalt gewesen

(Kalterherberg). Als der umsichtige Mann dem Monarchen eine Mütze andrehen wollte, hatte der Kaiser angeblich mit mürrischem Ton geantwortet: »Mütze nich!« (Mützenich)

Der Legende nach kamen die beiden Ortschaften so zu ihrem Namen.

Unabhängig von diesen Erklärungen genügte Steffens die etwas höher gelegene Bank auf dem Steling, um zur Ruhe zu kommen. Er war davon überzeugt, dass es sich hier um einen magischen Ort handeln musste.

Auch an diesem Abend umfing ihn diese Aura. Er spürte die Stille, genoss die Aussicht und ließ zu, dass wie von Zauberhand alle Gedanken, Sorgen und Ängste dem Gefühl von Zuversicht und Stärke wichen.

Der Kommissar atmete die frische Luft tief ein und wunderte sich, dass die Resilienz hier so viel besser klappte als woanders.

Er griff in die Tasche seiner Jeans und zückte sein Handy. Mutig wählte er die unter *Favoriten* gespeicherte Nummer dieser immer noch vertrauten Frau.

Hallo, hier ist die Mailbox von Christina Steffens. Wenn ihr was zu sagen habt, sprecht es auf Band.

Steffens registrierte, dass die Ansage forscher geworden war.

»Wenn ihr was zu sagen habt… Und ob ich was zu sagen habe, aber doch nicht auf Band«, knurrte er. Frustriert drückte Steffens den Knopf mit dem Symbol des roten Telefonhörers.

Er ließ sein Handy von der einen in die andere Hand gleiten und beobachtete die eigene, fast schon stumpfsinnige Handlung teilnahmslos. Plötzlich richtete er sich kerzengerade auf. »Das Handy«, dachte er. »Wir haben total vergessen, die Spurensicherung zu kontaktieren, was mit diesem schlammüberzogenen, angeblich mal rosa gewesenen Plüschhandy los ist.«

Er schaute auf die Uhr. Es war zu spät, um jetzt noch die Kollegen in Aachen anzurufen. Aber eine Kurznachricht konnte ja nicht schaden. Also tippte er seine Frage in den kleinen Apparat und rechnete kaum mit einer Antwort.

Da hatte er sich aber geirrt. Postwendend meldete sich der diensthabende Beamte, auch per Nachricht, allerdings im Telegrammstil.

Handy gehörte dem Opfer. Sind dabei die Sexszenen zu sichten. Morgen mehr.

Verblüfft starrte der Kommissar auf die paar Wörter und las sie noch mehrere Male. Er streckte sich, bevor er aufstand und begann den kurzen Abstieg zum Wanderparkplatz zu nehmen, wo sein Auto auf ihn wartete.

Dieser Fall hatte eine immer noch größer werdende Dimension angenommen, womit selbst der abgebrühte Ermittler Steffens nicht gerechnet hatte.

KAPITEL ELF

Am nächsten Morgen waren die Daten des rosa Handys per Mail an das Büro von Kommissar Steffens übermittelt worden. Er selbst, sein Assistent und die beiden Streifenpolizisten hatten sich rund um den Bildschirm geschart und betrachteten angewidert die Fotos, auf denen Freizügigkeit der besonderen Art gezeigt wurde.

Die vier Beamten hatten jeweils einen mit Waldtieren dekorierten Kaffeebechern in der Hand.

»Stopp!«, rief Kirchfink, »noch mal zurück zum vorigen Bild.«

Steffens klickte auf das geforderte Foto. »Das ist er!«, sagte Kirchfink mit der Begeisterung eines Anglers, der endlich den langersehnten dicken Fang gemacht hatte. Aufgeregt fuchtelte er mit dem Finger in Richtung Bildschirm. »Das ist Jürgen Mommertz, dessen Hund die Leiche gefunden hat.«

Ungläubig starrten die drei anderen gleichzeitig erst auf den Computer dann auf Kirchfink, dann wieder in Richtung Bildschirm.

»Der, der da mit der Nina rummacht?«, stammelte Basti Schreiber aufgeregt.

»Ja, genau der«, antwortete Kirchfink immer noch völlig außer sich.

»Aber das würde doch bedeuten, dass er die Leiche als Nina Kollmann hätte erkennen müssen«, wandte der junge Polizist ein.

»Nicht unbedingt mit Namen, aber zumindest die Frau als solche«, meinte Steffens. »Vielleicht hat sie ja ihren echten Namen bei dieser Art von Vergnügungen nicht preisgegeben.«

Die Männer schwiegen. Keiner konnte die Augen von dem Foto lassen. Nicht zu fassen, der Finder der Leiche war auch einer ihrer Freier gewesen.

»Sind die Fotos mit Datum versehen?«, fragte Steffens.

»Auf dieser Datei nicht, aber wahrscheinlich im Original auf dem Handy«, antwortete Kirchfink.

»Bislang hatte Mommertz die weiße Weste des ehrlichen Finders. Warum eigentlich?«, bemerkte der Kommissar.

»Weil einem Finder immer das Mäntelchen des Gutmenschen umgehängt wird, und weil wir uns offensichtlich von der unangenehmen Fassade des Ralf Kollmann haben blenden lassen. Wenn auch nicht so, wie er es sich gewünscht hätte«, antwortete Kirchfink. »Seine Arroganz hat uns wie eine Dampfwalze überrollt. Wir haben ihn zweifellos vorverurteilt.«

»Dem angeblich ehrlichen Finder war das Opfer bekannt. Irgendwie erinnert mich das an den Feuerteufel bei der Feuerwehr, der immer als erster am Brandort ist. Und warum? Weil er natürlich weiß, wo er das Feuer gelegt hat.«

Der Kommissar stöhnte auf: »Kirchfink, wir müssen sofort nach Roetgen. Der Kreis der Verdächtigen wird immer größer.«

Kirchfink griff nach seinem Trenchcoat, Steffens warf locker die Lederjacke über seine Schulter. Die beiden Ermittler eilten die Treppe hinunter und enterten Steffens' altes Auto.

»Haben Sie die Adresse?«, fragte Steffens.

»Na klar, Chef. Roetgen ist zwar flächenmäßig ziemlich groß, aber ich kenn mich aus!«, antwortete Kirchfink zuversichtlich. »Und bevor ich es vergesse: Ich kann die Freundin des Opfers, Julia Kosslik, nicht erreichen.«

»Scheiße!«, antwortete Steffens.

Schweigend passierten sie zuerst Imgenbroich, dann Konzen und folgten weiter der Straße, die auch ein kleines Stück durch Belgien führte. Kurz vor Roetgen nahm Steffens rechtzeitig den Fuß vom Gas, um der

Radarfalle keine Chance zu geben. Kirchfink dirigierte ihn durch den Ort, bis sie vor einem alten, niedrigen Fachwerkhaus anhielten, das sich hinter einer immens hohen Buchenhecke duckte, wie um sich vor Unwettern und kalten Winden zu schützen. Über der in die Jahre gekommenen Eingangstür hing ein gewaltiges Hirschgeweih, das von dem Hobby des Bewohners zeugte. Die nächsten Nachbarn waren rar, die Bebauung war hier weit auseinandergezogen.

KAPITEL ZWÖLF

Während Steffens und Kirchfink das kleine Anwesen von außen in Augenschein nahmen, saß drinnen am Esstisch das Ehepaar Mommertz beim Mittagessen und unterhielt sich über das allgegenwärtige Thema, den Mord an Nina Kollmann.

»Wie konnte der Diego denn überhaupt abhauen und sooo weit vorlaufen?«, schimpfte Hildegard Mommertz vorwurfsvoll mit ihrem Mann.

»Mein Gott, ich habe ihn halt von der Leine losgemacht. Der Bursche hatte seinen Spaß. Konnte ich doch nicht riechen, dass da ne Leiche liegt«, antwortete ihr Mann leicht genervt. »Dem Bullen habe ich allerdings gesagt, er hätte sich losgerissen.«

»Im Venn sind Hunde verboten und erst recht da bei den Stegen«, maulte die Frau weiter und dabei musterte sie missbilligend den wuscheligen, langen Vollbart ihres Mannes.

Der bemerkte diesen bekannten, abwertenden Blick mit Wohlwollen. »Der Bart bleib dran«, dachte er, während er kauend zur Antwort ansetzte: »So ein Unsinn, das gilt nur für die Touris, damit das mit den Hunden nicht überhandnimmt.«

»Das ist ja wohl unglaublich!«, keifte seine Frau weiter. »So ein totaler Quatsch, das dient dem Schutz der Landschaft und den Tieren, die da brüten und so! Aber jetzt nach dem Mord bleiben die Touristen ja sowieso weg!«

Mommertz wollte gerade etwas sagen, als der Streit durch das Klingeln an der Haustür unterbrochen wurde. Fordernd schaute er seine Frau an, damit sie aufstand, um die Tür zu öffnen.

»Guten Tag. Was möchten Sie?«, empfing sie die beiden Ermittler wenig erfreut.

»Ich bin Kommissar Steffens, und das ist hier ist Kirchfink, mein Assistent. Wir ermitteln im Mordfall Nina Kollmann und möchten deshalb noch mal kurz mit Ihrem Mann sprechen.«

Die letzten Worte hatte der Kommissar schreien müssen, denn von innen war ein unglaublich lautes Gebell zu hören und die noch eindringlichere Stimme des Hundehalters: »Dieeegooo! Halt das Maul, verdammt noch mal. Dieeeegoo, sei endlich ruhig. Plaaatz! Ab ins Körbchen!«

Endlich trat Ruhe ein und Frau Mommertz konnte in normaler Zimmerlautstärke die beiden Männer ins Haus bitten. Sie führte die zwei ins Esszimmer zu ihrem Mann, dessen Gesichtsfarbe mittlerweile einen ungesunden Rotton angenommen hatte.

»Hier sind die Herren von der Polizei …!« Sie wurde von Steffens unterbrochen: »Mordkommission, Frau Mommertz. Wir ermitteln nicht bei kleinen Verkehrsdelikten.« Seine Belehrung hatte Erfolg, Frau Mommertz schwieg.

Steffens hatte ein Gespür für Schwingungen und ihm war nicht entgangen, dass hier im Hause Mommertz gerade eine ziemlich angespannte Atmosphäre herrschte. Diego, der Hund, lag jetzt auf seinem Platz, von wo aus er die Szene gut beobachten konnte. Jürgen Mommertz war höflich aufgestanden und bat die Herren, sich zu ihm an den Tisch zu setzen.

»Sie haben also gestern Morgen die Leiche gefunden?«, eröffnete der Kommissar das Gespräch.

»Ich, nein, besser gesagt mein Hund Diego hat die Leiche gefunden. Er war vorgelaufen und hat dann Laut gegeben, so wie wir das zurzeit immer üben, er ist noch jung und in der Ausbildung. Ich habe dann sofort bei der Polizei angerufen.«

»Sie haben aber das Eintreffen der Beamten nicht abgewartet«, forschte Steffens weiter.

Bevor Mommertz antworten konnte, mischte sich Kirchfink ein: »Im Venn sind Hunde verboten, nur an speziell ausgewiesenen Stücken dürfen die Tiere angeleint mitgeführt werden!«

Frau Mommertz erlebte angesichts dieser Belehrung gerade einen inneren Vorbeimarsch, Herr Mommertz hätte Kirchfink am liebsten mit Blicken getötet und Steffens brach innerlich zusammen.

»Das können wir später klären, jetzt konzentrieren wir uns erst mal auf den Mord«, nordete er alle Anwesenden wieder ein. Dabei fixierte der Kommissar den Hund mit durchdringendem Blick, er wollte nicht in die Runde schauen.

»Also, warum haben Sie das Eintreffen der Beamten nicht abgewartet?«

»Ich hatte einen privaten Termin.«

Frau Mommertz räusperte sich, als sei sie überrascht, schwieg aber.

»Willst du nicht jetzt schon die Nachmittagsrunde mit dem Hund gehen?«, fragte Mommertz seine Frau.

»Nein, eigentlich nicht«, antwortete sie fast schon keck.

»Ich bitte dich, jetzt schon mit Diego raus zu gehen.« Mommertz hatte einen Ton angeschlagen, der eher einem Befehl als einer Bitte gleichkam.

Frau Mommertz hatte überhaupt keine Lust, das Haus mit dem Hund zu verlassen. Sie war viel zu neugierig, was die Ermittler noch alles von ihrem Mann wissen wollten. Irgendwie war er ja mit dem Fund der Leiche schon fast sowas wie eine lebende Institution geworden, etwas Besonderes in diesem kleinen Dorf. Frau Mommertz hatte das Gefühl, von den einheimischen Frauen jetzt irgendwie anders angeschaut zu werden. Immerhin hatten ihr Hund und ihr Mann wichtige Dinge in Sachen Mord an Nina Kollmann ins Rollen gebracht. Ihr Mann hatte als einziger die Leiche wirklich gesehen, von den Beamten des Ermittlerkreises mal abgesehen. Sie wartete nur darauf, gefragt zu werden, um dann noch weitere Details zum

Zustand der Toten erzählen zu können. Denn was ihr Mann gesehen hatte, galt ja schließlich auch irgendwie für sie als Ehefrau.

Und jetzt wurde sie genötigt, den Ort der Informationen zu verlassen, aber Hildegard Mommertz kannte ihren Mann zu gut. Dieser Tonfall, mit dem er sie aufgefordert hatte, mit Diego Gassi zu gehen, duldete keinen Widerspruch. Also redete sie freundlich mit dem Hund: »Komm, mein kleiner Teufel, hier sind wir nicht erwünscht, aber mit mir wirst du nicht ins Venn gehen. Wir begnügen uns mit der Runde rund um die Dreilägerbachtalsperre!«

Sie zog die Haustür hinter sich zu und entfernte sich von dem kleinen Jagdhaus in Richtung Rott.

Als sie sicher außer Hörweite war, eröffnete Steffens das Verhör: »Herr Mommertz, kannten Sie die Leiche?«

Als er antwortete, flatterte sein Blick. Das war dem Kommissar nicht entgangen.

»Wenn ich das Mädchen gekannt hätte, hätte ich doch nicht der Polizei gesagt hier liegt eine Leiche, sondern hätte gemeldet, hier liegt die Soundso tot im Venn.«

»Da ist was dran«, nickte Steffens, »aber schauen Sie sich doch noch mal genau das Bild der Ermordeten an.« Und mit diesen Worten reichte er dem Jäger sein Handy mit dem Foto der Leiche, so wie sie bäuchlings im Schlamm lag.«

»Nee, Herr Kommissar, wirklich nicht. Wer soll das sein?«

»Vielleicht erkennen Sie die junge Frau ja auf diesen Schnappschüssen«, stellte Steffens mehr fest, als er fragte. Und mit diesen Worten konfrontierte er den Mann mit den Bildern, die die Spurensicherung auf Ninas Handy sichergestellt hatte.

»Oh, mein Gott«, entfuhr es Jürgen Mommertz. »Wo haben Sie die denn her. Welches Schwein hat uns dabei fotografiert?«

Der Kommissar ließ die Frage unbeantwortet im Raume stehen, ihm blieb ja auch nichts anderes übrig. Stattdessen konterte er mit einer Gegenfrage: »Ist das Nina Kollmann?«

»Nein, bei unseren Treffen war das Mona Lisa. Niemand hat ihr diesen Namen geglaubt, aber an diesen Abenden waren Namen nur Schall und Rauch.«

Die Ermittler warteten schweigend, bis Mommertz aufgab und fast tonlos weiterredete. »Na ja, um genau zu sein, ich kannte Nina Kollmann und machte mit, nannte sie an diesen Abenden auch Mona Lisa. Sie hatte mir erzählt, dass sie ihren Mann verlassen wolle und dafür Geld brauchte.«

Jürgen Mommertz ging nervös zum Fenster, schob die kleine Landhausgardine zur Seite und überprüfte den Weg zum Haus, ob seine Frau schon wieder zu sehen war.

»Meine Frau darf nichts davon wissen. Das sind Herrenabende der feinen Art. Es wird nur Sekt getrunken, früher sogar nur Champagner, aber auch hier wird mittlerweile gespart. Und dann kamen diese blutjungen, hübschen Frauen ins Spiel.«

»Wie waren die Regeln?«, fragte der Kommissar prompt.

»Was? Ich weiß nicht, was Sie meinen.« Plötzlich wirkte Jürgen Mommertz irgendwie schwer von Begriff zu sein.

»Die Regeln, Herrgott nochmal. Sie wollen uns doch nicht erzählen, dass Sie nicht für die Damen gezahlt haben.« Steffens wurde ungeduldig, Kirchfink sprang ein.

»Herr Mommertz, Ihre Frau wird vorerst nichts erfahren, aber Sie müssen jetzt sehr ehrlich sein«, versuchte er zu erklären. »Wie und wo sind diese Fotos entstanden, was haben Sie den Frauen für ihre Dienste bezahlt?«, fuhr der Assistent fort.

»Entstanden sind die Fotos oben im Wald oberhalb von Fringshaus und Konzen in einer kleinen Jagdhütte. Die Damen waren eine Spende aus Köln.«

Dem Kommissar blieb buchstäblich die Spucke weg. Seine Stimme überschlug sich fast, als er auf diese Art der Respektlosigkeit eingehen musste: »Herr Mommertz, egal, wieviel Spaß Sie auch hatten: es sind Frauen! Menschen können keine Spende sein! Wenn Sie weiterhin eine Zusammenarbeit wünschen, bei der wir Sie respektvoll behandeln, erwarte ich, dass auch Sie den Anstand nicht verlieren und ab sofort in einem ordentlichen Ton über diese Frauen reden!«

Kleinlaut erklärte Mommertz: »Die besagten Abende wurden von Köln aus für Jagdfreunde und Geschäftsleute organisiert. Die Frauen waren die Gäste. Es gab nur Dinge, die sonst nicht so einfach zu bekommen waren.« Sein Ton war moderater geworden.

Schon wieder unterbrach Steffens mit scharfer Stimme: »Drogen, Herr Mommertz? Sie meinen also nicht nur hochpreisige Alkoholika, sondern auch Drogen, wenn ich Sie richtig verstehe.«

»Ich glaube ja, aber da war ich dann immer raus. Drogen sind nicht mein Ding«, antwortete Mommertz leise.

»Gab es an dem Abend des Mordes auch so eine ... nennen wir es mal ›Zusammenkunft‹?«

»Ja, ich war natürlich auch eingeladen, aber ich konnte es nicht wirklich genießen, denn Hildegard, also meine Frau, war misstrauisch geworden.«

Er sah aus dem Fenster: »Dahinten sehe ich meine Frau, sie kann unmöglich die ganze Runde gegangen sein. Ich flehe Sie an, bitte nicht in ihrer Gegenwart dieses Gespräch weiterzuführen. Können Sie sich vorstellen, wie langweilig eine Ehe werden kann, wenn man die vierzig überschritten hat?«

Beide Ermittler senkten die Köpfe. Kirchfink konnte und Steffens wollte nichts dazu sagen.

»Wenn Sie fair bleiben, sind wir es auch. Wir haben Ihnen versprochen, dieses Thema vorerst nur mit Ihnen alleine zu erörtern«, versicherte Kirchfink.

Dankbar brachte Mommertz die beiden Männer zur Tür.

»Eine Frage noch: War es immer dieselbe Jagdhütte oder wechselte der Treffpunkt?« meldete sich Steffens noch kurz zu Wort.

»Nein, es war immer diese eine Hütte«, versicherte Mommertz

»Halten Sie sich bitte zur Verfügung, wir beenden das Verhör hier in Ihrem Haus jetzt, werden es aber im Kommissariat weiterführen. Bitte überlegen Sie bis dahin genau, was Ihnen noch dazu einfällt! Wir melden uns bei Ihnen.«

Steffens und Kirchfink verabschiedeten sich. Auf dem Weg zum Auto grüßten sie freundlich die herannahende Hildegard Mommertz, die sich Diegos Hundeleine, wie um sich an ihr festzuhalten, mehrere Male um ihr linkes Handgelenk gewickelt hatte.

Sie tat beiden Männern irgendwie leid.

KAPITEL DREIZEHN

»Kirchfink, bestellen Sie bitte die Spurensicherung für morgen zur Jagdhütte. Außerdem müssen wir unbedingt mit Julia Kosslik reden. Wenn sie wirklich die beste Freundin unseres Opfers gewesen ist, wird sie doch sicher von Ninas Nebenverdienst gewusst haben.«

»Mach ich, Chef!«, antwortete Kirchfink geflissentlich.

»Für heute mache ich Schluss. Ich muss nachdenken.« Steffens wurde schweigsam und sehnte sich nach der Ruhe auf dem Steling.

Auch diesmal wollte er die Anhöhe über den Wanderweg, der ihn durch ein kurzes Waldstück führte, erreichen. Das Wetter spielte mit. Die Abendsonne tauchte seinen Lieblingsplatz sicherlich in ein goldenes, warmes Licht. Er freute sich auf die angenehme Einsamkeit, die ihn dort oben erwarten würde. Steffens fragte sich nicht zum ersten Mal, ob nur er diesen Platz als einen magischen Ort empfand, und warum er nie eine andere Menschenseele hier antraf.

Etwas war heute jedoch anders. Schon von weitem konnte er ein tiefes, lautes Brummen wahrnehmen und dass auffallend viele Wespen in der Nähe von Kaiser Karls Bettstatt herumschwirrten. Als er näherkam, entdeckte er ein zerstörtes Wespennest, das bis vor ein paar Tagen noch unversehrt an einem Stück Totholz gehangen hatte. Jemand hatte mit einem Stock zerstörerisch in den filigranen, papierähnlichen Kubus gestochen, den die kleinen Tiere während des ganzen Sommers gebaut hatten, um ihre Brut großzuziehen. Er konnte die Aufregung der kleinen Insekten verstehen, hatte aber auch Respekt vor deren Angriffslust. Er wollte nicht das Ziel ihrer Vergeltung werden und machte einen großen Bogen um die laut brummende Meute.

Als er dann endlich zu »seiner« Bank gelangt war, setzte er sich und genoss die Aussicht, die ihn wie immer beruhigte und es ihm ermöglichte, andere gedankliche Perspektiven zu bekommen.

Er musste an seine Arbeit in Köln denken. Was hatte Mommertz erklärt? Die Zusammenkünfte wurden als Treffen für Jäger und Geschäftsleute von Köln aus organisiert. Drogen und Alkohol erweiterten den Horizont und sorgten so für die richtige Stimmung, für ein schnelles Amüsement mit den eingeladenen Damen. Aber auch die Herren waren Gäste. Demnach war das hier so eine Art *Tupperparty* für Drogen? Sofort fielen ihm wieder Namen ein, die ihm in Köln häufig begegnet waren. Männer, die die Kölner Drogenszene beherrscht hatten, von denen einige dank Steffens hatten eingelocht werden können.

In welches Wespennest würde er wohl in Köln stoßen müssen, um diesen Fall zu lösen?

»So eine Scheiße, warum kann ich nicht einfach ohne Köln und die Erinnerungen an diese Zeit hier leben?«, fragte er sich und hatte dennoch wie auf Kommando unsagbare Lust auf ein frisch gezapftes Kölsch.

Langsam verließ er seinen Aussichtspunkt, fuhr nach Monschau in seine Ferienwohnung und freute sich über seinen Vorrat an Els, dem Kräuterschnaps der Nordeifel. Der Kommissar füllte das Schnapsglas, ließ ein Stück Würfelzucker hineingleiten und beobachtete, wie langsam die Ecken abfielen. Das war der Moment, in dem man den Hochprozentigen durch den Zucker schlürfen musste. Noch vor wenigen Monaten hätte er diesen Genuss als abartig empfunden.

Er startete einen erneuten Versuch, Christina zu erreichen – aber auch diesmal ohne Erfolg. Warum eigentlich, fragte er sich. Christina ist nun eben weg, aber Julia wäre vielleicht einen Neuanfang wert.

KAPITEL VIERZEHN

Steffens staunte immer wieder über die Fähigkeiten der Kollegen und Kolleginnen der Spurensicherung, die jede Adresse fanden, selbst dann, wenn es keine offizielle Postanschrift gab. Schon von Weitem konnten er und Kirchfink die Beamten in ihren weißen Schutzanzügen ausmachen, die, hellen Ameisen gleich, ihrer Arbeit an der kleinen Jagdhütte nachgingen.

In idyllischer Waldlage, unweit einer wiesenbewachsenen Lichtung lag das Holzhäuschen in der Spätsommersonne. Eine überdachte Veranda mit einer kunstvoll verzierten Lattung, einem bayrischen Balkon nachempfunden, begrenzte die Vorderseite einladend. Zwei Stufen führten zu ihr hinauf. An einer Seite war das Spitzdach der Hütte tiefer nach unten gezogen und bot so dem Kaminholz Schutz, das schon ordentlich gestapelt auf die kalten Winterabende wartete. Ein alter Ziehbrunnen, seitlich neben der Veranda gelegen, zeugte davon, dass es hier wohl keine Wasserversorgung über das öffentliche Wassernetz gab. Die Fensterläden, die Haustür und auch die Verkleidung der Traufe waren moosgrün gestrichen. Der Anstrich schien jedes Jahr erneuert zu werden. Alles wirkte sehr gepflegt.

Steffens und Kirchfink grüßten mit einer Handbewegung und einem kurzen Kopfnicken zu den weißen Kitteln hinüber und gingen, einem kleinen Weg folgend, an der linken Längsseite des Hauses vorbei. Hinter dem Anwesen entsprang ein kleiner Bach.

»Das muss der Überlauf des Brunnens sein. Ich schätze mal, hier handelt es sich um eine Wassersammelstelle, die von mehreren Quellen gespeist wird.«, bemerkte Kirchfink.

»Tut zwar nichts zur Sache, klingt aber interessant«, antwortete Steffens und zog dabei die linke Augenbraue hoch.

»Ich mein ja nur, Chef«, versuchte Kirchfink seine Bemerkung zu rechtfertigen.

»Alles gut, Kirchfink. So ein unwissender Städter wie ich freut sich über jedes Stück Heimatkunde.« Steffens machte damit alles nur noch schlimmer und so blieben die beiden Männer schweigend vor dem Bach stehen.

Kirchfink räusperte sich: »Also, wenn Sie erlauben Chef, hinter dem Bach beginnt der Pirschweg.«

»Was?«

»Na, der Pirschweg. So nennt man den kleinen Trampelpfad, der unweigerlich zum Ansitz oder auch Hochstand führt. Das ist Jägersprache.«

Steffens schluckte jede Bemerkung runter. Für ihn war die Info, dass hier ein Hochstand zu finden war, viel wichtiger. »Das Ding schauen wir uns mal näher an, Kirchfink.«

Sein Assistent hatte Recht gehabt. Nur ein kleines Stück Trampelpfad und sie standen vor einer Leiter, die zu einem Ansitz führte, der diesen Namen wirklich verdient hatte. Ein regelrechtes Baumhaus mit geschlossenen vier Wänden und horizontalen Schießscharten direkt unter dem Flachdach diente dem Jäger als Beobachtungs- und Schießstand.

»Ich geh jetzt da hoch«, sagte Steffens bestimmt.

»Ein Jäger baumt auf«, erklärte Kirchfink seinem Chef.

»Was?«, fragte Steffens.

»Man nennt es *aufbaumen*, wenn ein Jäger den Hochstand erklimmt.«

»Oh, Kirchfink, verschonen Sie mich mit Ihrem Jägerlatein«, stöhnte Steffens und erklomm die stabile Holzleiter, die unterhalb einer Falltür endete. Entgegen seiner Befürchtungen ließ sich diese leichtgängig öffnen. Der Kommissar fand sich in einem viereckigen kleinen Raum ohne Stehhöhe wieder. An der Längswand war eine einfache Holzbank fest verankert. Auf ihr lagen karierte Decken, die einen leicht muffigen Geruch verströmten. Unter der Bank hatte wohl der Nutzer eine Blechdose vergessen, in der normalerweise Butterbrote verstaut werden konnten.

»Kirchfink, kommen Sie mal hoch. Ich garantiere Ihnen, es gibt kein Blut, aber dafür einen beeindruckenden Rundumblick.«

Der Assistent machte sich daran, die dreiundzwanzig Sprossen zu erklimmen, um dann neben seinem Chef auf der Bank Platz zu nehmen.

»Phantastisch!«, meinte er. Wenn ich Blut sehen könnte, wäre ich in die Fußstapfen meines Opas getreten und Förster geworden.«

»Aha, daher das Fachwissen«, schmunzelte Steffens.

»Aber sehen Sie mal. Von hier oben kann man nicht nur die Lichtung, sondern auch die Jagdhütte und die kleine Straße, die dahinführt, observieren.

Die beiden Männer beobachteten noch eine Weile das geschäftige Treiben der Weißkittel, bevor sie sich wieder zu ihnen gesellten und nach den ersten Ergebnissen fragten.

»Also, wenn Sie mich fragen«, antwortete eine Frau mittleren Alters, die Steffens bisher noch nicht kennengelernt hatte, »wurde in dieser Hütte ordentlich gefeiert. Drogenreste, Alkoholika, Körperflüssigkeiten auf diversen Kissen, Teppichen und Sofas, Zigarrenabschnitte und vergessene Dessous …, um nur Einiges aufzuzählen. Wer immer das auch war, die Herrschaften haben es krachen lassen.« Und wieder kam ein weißbekleideter Mitarbeiter mit einer Box voller Gewebe- und Flüssigkeitsproben vorbei, um diese ins Dienstfahrzeug zu bringen.

»Es wird einige Zeit dauern, bis wir das Material ausgewertet haben«, kam die leitende Beamtin dieses Einsatzes der Frage zuvor, die Steffens als nächstes stellen wollte.

»Wir hätten da noch einen Hochstand …«, begann er dennoch vorsichtig.

»Davon hat mir die Leitstelle nichts gesagt.«

»Wir haben den ja selber erst eben entdeckt.« Steffens schnurrte geradezu. Und es half.

»Okay, mein Name ist übrigens Jablonka. Ines Jablonka. Wir werden von nun an wohl häufiger miteinander zu tun haben.«

»Gut, ich heiße Steffens und das hier ist mein Assistent Kirchfink«, antwortete der Kommissar. »Dann kommen Sie mal mit.«

»Von hier oben kann man ja geradezu alles Naheliegende überblicken.«, staunte Ines Jablonka. »Wie gemacht für einen Spanner, der bei den besonderen Partys nicht mitspielen durfte.«

Steffens blieb die Spucke weg. Seine neue Kollegin hatte genau das ausgesprochen, was er noch vor einer Viertelstunde selber gedacht hatte, als ihm klar wurde, wie gut man von hier oben alles im Blick hatte.

Ines Jablonka hatte vorausschauend alle Utensilien mitgebracht, um Proben zu entnehmen und fachgerecht zu verpacken. Auch die Blechdose wanderte in eine keimfreie Plastiktüte.

Wieder unten angekommen, untersuchte die Fachfrau auch den Waldboden. Sie wurde fündig und verpackte, durch die Zähne pfeifend, liegengelassene Papiertaschentücher, gebrauchte Präservative und Zigarettenstummel.

»Was für eine Party«, bemerkte sie angewidert.

Schließlich verabschiedeten sich die beiden Männer von Ines Jablonka und ihrer Crew.

»Wir haben hier noch Einiges zu tun und melden uns, sobald wir Ergebnisse haben.«

»Und wir müssen nochmal zu Ralf Kollmann«, kommentierte Steffens das eben Erlebte.

KAPITEL FÜNFZEHN

»Haben Sie mittlerweile Julia Kosslik erreichen können?«, fragte Steffens seinen Assistenten während der Autofahrt zum Anwesen von Ralf Kollmann in möglichst neutralem Ton.

Kirchfink schüttelte nur mit dem Kopf. Ihm war es selbst nicht geheuer, dass die beste Freundin des Opfers überhaupt nicht zu erreichen war, spürte aber die besondere Anspannung seines Chefs nicht.

»Aber da fällt mir ein, der Kollmann ist doch mit der Projektleiterin in Paris.«

»Oh shit, Kirchfink, Sie haben Recht. So ein Mist aber auch.«

Steffens wendete den Wagen. »Lust auf ein Monschauer Dütchen, Kirchfink?«, fragte der Kommissar.

»Nee, lieber ein Stück Belgischen Reisfladen, Chef.«

Die beiden Ermittler ergatterten in der Innenstadt von Monschau auf dem Platz zwischen dem Weihnachtshaus und der rauschenden Rur einen Tisch unter einem der bunten Sonnenschirme. Die Bedienung kam und nahm die Bestellung auf. »Zwei Kaffee, ein Dütchen und ein Stück Belgischen Reisfladen«, orderte Steffens.

»Hier draußen nur Kännchen«, kam die gelangweilte Antwort der Bedienung.

»Das ist ja wohl jetzt nicht wahr!«, schimpfte der Kommissar. »Sie wollen mir doch nicht erzählen, dass Sie keinen Kaffeeautomaten haben, unter den man eine Tasse stellen kann, um dann herrlichen, frischen Café Crema auf Knopfdruck zu bekommen.«

»Doch, das haben wir, aber Sie hatten ja keinen Crema bestellt.«

»Gut, dann hole ich das jetzt hiermit nach!« Steffens hatte keine Lust auf unnötige Auseinandersetzungen und Kirchfink nickte beifällig.

Nach einer Weile begann Steffens: »Kirchfink, dieser Fall wird immer komplexer und verworrener. Wir haben eine ermordete junge Frau im Venn, einen kaltherzigen, stinkreichen Ehemann, der der wohl offensichtlich eine ziemlich unsympathische Rolle im Leben seiner viel jüngeren Frau eingenommen hat. Der Finder der Leiche ist nebenbei ihr Freier gewesen, gibt das aber ungerne zu, weil mit diesem Vergnügen kriminelle Handlungen wie Drogenkonsum und wahrscheinlich auch der Handel mit Rauschmitteln verbunden sind. Das alles spielt sich in einer kleinen Jagdhütte ab, hinter der ein Hochsitz steht, der offensichtlich nicht nur zur Beobachtung und eventuellem Abschuss von Waldtieren dient.«

»Vergessen Sie nicht, dass die beste Freundin des Opfers nicht zu erreichen ist. Und dass der gehörnte Ehemann selber kein Unschuldslamm mimt, sondern ungeachtet jeglichen Geredes mit seiner, wie er selber sagt, vertrauten Projektleiterin, mehrtägige Dienstfahrten unternimmt«, ergänzte Kirchfink.

»Und sehr fragwürdig ist natürlich die Organisation und Bezahlung der Partys. Nach Aussagen von Mommertz laufen die Fäden in Köln zusammen.«

»Haben Sie denn keine Verbindungen mehr zu Ihrer früheren Arbeitsstätte?«, fragte Kirchfink ungewohnt naiv.

Damit hatte der Assistent genau das ausgesprochen, was Steffens zurzeit besonders unangenehm umtrieb. Er musste sich seiner Vergangenheit stellen, als er noch LKA-Beamter gewesen war mit Schwerpunkt Drogenkriminalität. Er musste sich mit der Frage auseinandersetzen, wie und warum er damals aus Köln abgehauen war, um hier in der Pampa als Hauptkommissar weiterzuarbeiten. Neben der Spannung, diesen Fall zu lösen, gesellte sich seine ganz persönliche Altlast hinzu, die untrennbar mit Köln zusammenhing. Aber ohne den Kontakt mit Köln ging es nicht, das war ihm klar.

»Wann kommt der Kollmann denn aus Paris zurück?«, fragte er seinen Assistenten.

Kirchfink hatte gerade fertig gegessen und befreite seine Krawatte aus der Lücke zwischen dem dritten und dem vierten Knopf seines Oberhemdes. »Ich glaube morgen.«

»Dann werde ich das Gespräch mit ihm erstmal abwarten, bevor ich Köln kontaktiere. Vielleicht erfahren wir ja noch wichtige Details.«

Steffens hatte einen weiteren Aufschub erwirkt. Er war damit nicht zufrieden, aber vorerst ruhiger.

KAPITEL SECHZEHN

In der Nacht durchzog eine heftige Gewitterfront das Gebiet rund um Monschau. Grollende Donner, deren Lautstärke durch das Echo des Talkessels wie ein zu laut aufgedrehter Bass wirkte und unzählige Blitze, deren unregelmäßige Helligkeit Steffens' Wohnzimmer an eine Disco in den 1970ern erinnerte, klauten dem ohnehin überspannten Kommissar die letzte Nachtruhe. Er stand am Fenster und beobachtete das Naturschauspiel. Früher hätten Christina und er in solchen Momenten ihre Zweisamkeit genossen. Heute stand er ziemlich einsam vor den Scherben seines Lebensplans, aber dennoch auch schon mitten in einem Neubeginn, den er eigentlich als Chance nutzen sollte.

Steffens stierte gedankenverloren durch das Fenster, das ihn von dem draußen tobenden Naturereignis trennte. Irgendwann übermannte den Kommissar dann doch noch die Bettschwere.

Am nächsten Morgen lag Monschau unter der Dunstglocke des aufsteigenden Morgentaus, hinter der sich die ersten Sonnenstrahlen schon bereithielten.

Die Erfrischung des gestrigen Gewitters war überall spürbar und auch der Kommissar wurde von dieser Stimmung angesteckt. Lässig warf er seine Lederjacke über die Schulter und ging fast schon leichtfüßig die Anhöhe zum Polizeipräsidium hinauf.

Dort angekommen, empfing ihn ein angenehmer Kaffeeduft. Kirchfink stand mit dem Rücken zur Tür und einem Becher in der Hand vor der Wand, an der die Ermittler mit Zetteln und Fotos die bisherigen Ergebnisse fixiert hatten.

Steffens nahm einen mit Wildtieren verzierten Kaffeebecher aus dem Schrank und schüttelte nicht zum ersten Mal den Kopf über diese Hässlichkeit.

Der Kommissar stellte den Becher unter den Auslauf der Maschine. Er selbst hatte damals den Kaffeevollautomaten als Einstandsgeschenk gestiftet und damit voll ins Schwarze getroffen.

»Guten Morgen, Kirchfink, heute so alleine hier im Büro?«, begrüßte er seinen Assistenten, während die braune Flüssigkeit dampfend in seine Tasse lief.

»Ja, was soll ich sagen, dem Bauern Huppertz sind schon wieder die Kühe durchgegangen. Und unsere Männer müssen ihm beim Einsammeln helfen.«

»Mit Stöcken bewaffnet das Vieh von der Straße treiben«, ergänzte Steffens und konnte sich ein Grinsen kaum verkneifen. »Gut, dass ihm nicht die Pferde durchgegangen sind.«

»Wieso die Pferde?«, fragte Kirchfink naiv. »Chef, so Milchkühe reagieren ganz schön empfindlich auf Gewitter«, erklärte er.

»Na dann schauen wir doch mal, wie andere reagieren. Sie und ich fahren nämlich zum Kollmann. Der müsste jetzt wieder da sein. Ich frag mal nebenan bei den Kollegen vom Ordnungsamt, ob die solange hier das Telefon mit überwachen können, bis Kreitz und Schreiber oder wir wieder hier sind.«

»Das halte ich für keine gute Idee. Die vom Ordnungsamt können Knöllchen schreiben, allerdings …« Kirchfink vervollständigte den Satz nicht, aber Steffens hatte dennoch verstanden. Es wäre ja eigentlich nicht das erste Mal gewesen, das Kommissariat kurzfristig unbesetzt zu lassen. »Sie bleiben also hier?«, fragte er und Kirchfink nickte.

Steffens ließ den Blick durch das Büro wandern, als ob er es zum ersten Mal sehen würde. Vier Schreibtische aus heller Eiche im Stil eines alten Lehrerpultes standen so im Raum verteilt, dass jeder Mitarbeiter mindestens eine eigene Fensterbank im Rücken hatte. Paul Kreitz hatte dort eine Ansammlung von Familienfotos und bunten Kinderzeichnungen aufgestellt,

Basti Schreibers Modellautosammlung, die er zu Hause pflegte, war wohl so umfangreich, dass er den Platz hinter seinem Schreibtisch für die unterschiedlichen Porschemodelle nutzte und Kirchfinks Orchideenzucht hatte sogar an zwei Nordfenstern einen akzeptablen Lebensraum erhalten.

Seine eigene Fensterbank war bis auf ein paar Stubenfliegenleichen leer.

»Sie haben Recht, ich fahr besser alleine. Versuchen Sie doch noch mal, die Freundin des Opfers zu erreichen.«

Schon von Weitem sah Steffens das Blaulicht. Die Streifenpolizisten hatten die zweispurige Umgehungsstraße von Monschau gesperrt, um die Rindviecher wieder auf ihre Wiese zurückbringen zu können. Der Verkehr staute sich bis zum Verteilerkreis, den Steffens jetzt zwangsläufig an der zweiten Ausfahrt verließ. Die Straße brachte ihn unweigerlich nach Mützenich und somit zu Huberta.

Der kleine Laden hatte schon geöffnet, es roch verführerisch nach frischen Brötchen und Kaffee. Huberta staunte nicht schlecht, den Kommissar schon so früh in ihrem Heiligtum zu sehen. Um draußen zu sitzen, war es noch zu kühl, aber drinnen gab es einen Stehtisch, an den die Beiden sich jetzt stellten, um gemeinsam ein schnelles Frühstück einzunehmen.

»Na«, lachte Huberta rau, »schon weitergekommen bei der Mördersuche?«

»Ach Huberta, das ist doch kein Gesellschaftsspiel wie *Scotland Yard* oder *Cluedo*«, zitierte Steffens die Spiele seiner eigenen Kindheit.

»Den modernen Kram kenn ich nicht. Bei uns kam nur *Mensch ärgere dich* nicht auf den Tisch. Übrigens ein super Lebensmotto.« Und schon wieder lachte Huberta schallend und steckte Steffens damit an.

»Bevor ich's vergesse, ich brauche was Bestimmtes, und ich meine, das hier schon mal gesehen zu haben.

Hast du nicht auch so eine kleine Minimalauswahl an Spielzeug im Sortiment?«, fragte der Kommissar, ohne das vertraute »du« zu bemerken.

Huberta führte ihn zu einem Regal, an dessen Kopfseite neben Springseilen und kleinen Bällen auch andere Plastiktütchen mit einer angeschweißten Kartonage am oberen Rand hingen. *Tims Taler, Phil der Philatelist, Leo der Landwirt,* stand in bunten Buchstaben auf den jeweiligen Pappen. Die Tüten waren mit Spielgeld, Briefmarken oder kleinen Bauernhoftieren gefüllt.

Steffens grinste, nahm eine der durchsichtigen Tüten, nicht ohne vorher deren Inhalt durch die Klarsichthülle genau inspiziert zu haben, und bezahlte dann seine Beute und das Frühstück bei Huberta.

Frohgelaunt fuhr er durch die abwechslungsreiche Landschaft über Kalterherberg zurück zur Bundesstraße in Richtung Höfen zum Anwesen von Ralf Kollmann, um die Straßensperre im Tal zu umfahren.

KAPITEL SIEBZEHN

An diesem Tag machte Kollmann einen deutlich ruhigeren, ja fast schon demütigen Eindruck. Er bat den Kommissar sogar ohne zu zögern in sein Esszimmer, das nur durch eine weitgeöffnete Schiebetür vom repräsentativen Wohnzimmer getrennt war.

Steffens kam also sofort zur Sache: »Herr Kollmann, wir haben unweit des Tatortes ein Handy gefunden, das die Spurensicherung als Eigentum Ihrer ermordeten Frau zuordnen konnte.«

Kollmanns Augen flackerten leicht, das war dem Kommissar natürlich nicht entgangen.

»Wahrscheinlich müssen Sie jetzt ziemlich stark sein, es sei denn, Sie wissen über das, was hier dokumentiert wurde, längst Bescheid«, und damit zückte Steffens die Ausdrucke, die Kirchfink von den verräterischen Handyfotos gemacht hatte, aus der Innentasche seiner braunen Lederjacke. Das mobile Telefon selber befand sich noch bei den Kollegen der Spurensicherung.

Er ließ sich Zeit, faltete die DIN A 5 Seiten sorgfältig auseinander und breitete sie auf dem Esstisch im Salon aus.

Kollmanns Gesichtsfarbe wurde bleich. Ungläubig starrte er auf die eindeutigen Sexszenen, bei denen seine Frau unmittelbar beteiligt gewesen war. Ein animalisches Grunzen entfuhr ihm und war der einzige Kommentar, den Steffens als spontane Äußerung des Entsetzens ansah.

Der Kommissar ließ die aussagekräftigen Bilder auf den Geschäftsmann wirken. Dieser hatte sich still auf einen der ausladenden Stühle gleiten lassen. Fassungslos starrte er auf die farbigen Darstellungen, die an Eindeutigkeit nicht zu überbieten waren.

Vorsichtig räusperte sich Steffens und fragte fast schon mitfühlend: «Haben Sie davon gewusst, und –

das muss ich in diesem Zusammenhang leider auch fragen – haben Sie eventuell Ihre Frau zu diesen sexuellen Abenteuern aufgefordert?«

»Sie meinen, ob ich Sie zur Prostitution ermutigt oder sogar genötigt habe?«, hakte Kollmann nach. »Aber warum sollte ich das tun?«

»Es gibt die unterschiedlichsten Gründe. Glauben Sie mir, ich bin lange genug als Kripobeamter unterwegs und kenne wahrscheinlich alle Beweggründe, die eine Frau und natürlich auch einen Mann in solche Situationen verstricken können.«

»Nein, bestimmt nicht. Ich bin völlig überrumpelt«, antwortete Kollmann tonlos. Entweder war er ein sehr guter Schauspieler, oder er hatte wirklich nichts gewusst.

»Kann es sein, dass Ihre Frau unter Geldmangel litt? Als wir zum ersten Mal hier waren, glaubten Sie, Nina hätte zum wiederholten Male Ladendiebstahl begangen. Damals haben Sie den vermeintlichen Schaden sofort mit Bargeld wieder gut machen wollen. Jetzt haben wir im Zuge der Ermittlungen Fotos in den Händen, die eine eventuelle Geldquelle für Ihre Frau zeigen. Was soll ich nun denken?«

Kollmann räusperte sich. »Es stimmt, dass ich der sinnlosen Verschwendungssucht meiner Frau, Verzeihung meiner verstorbenen Frau und ihrer Freundin, dieser Julia Soundso …« »Kosslik«, warf der Kommissar ein. »Was? Ach so«, reagierte Kollmann und fuhr fort: »… etwas entgegensetzen wollte und den Geldhahn zugedreht habe. Ich konnte doch nicht ahnen …« Kollmann ließ offen, was er nicht ahnen konnte, und Steffens hakte nicht nach.

Angesichts der Enthüllungen konnte man es sich ja auch denken. Entweder, die Schauspielerei lag ihm wirklich, dann konnte er sich tatsächlich gut verstellen und er war weiterhin dringend tatverdächtig, oder aber Steffens hatte den gehörnten Ehemann heute mit einer Wahrheit konfrontiert, die einem Messerstich gleichkam. Aber warum hatte Kollmann dann bei ihrem ersten Besuch so nervös nach dem Verbleib von Ninas Handy gefragt?

Der Kommissar sammelte die Ausdrucke wieder ein, faltete sie ordentlich zusammen und verstaute die Fotos fein säuberlich in der Innentasche seiner Lederjacke.

»Wenn Ihnen noch etwas Wichtiges einfällt, lassen Sie es mich bitte wissen. Jetzt, da wir beide zumindest ein Geheimnis Ihrer ermordeten Frau zum Teil kennen, können wir diesem Thema viel einfacher nachgehen. Schließlich steht doch im Vordergrund, den Mörder Ihrer Frau zu finden. Oder sehen Sie das anders?«

Kollmann schüttelte fast unmerklich den Kopf. Schweigend geleitete er Steffens zur Tür.

Wieder in Monschau angekommen, stellte der Kommissar sein Auto auf dem Dienstparkplatz ab. Zufrieden registrierte er, dass auch der Streifenwagen nicht mehr unterwegs war. Steffens griff nach der kleinen Plastiktüte auf dem Beifahrersitz und spurtete die Treppen hoch. Er blieb erstaunt im Büro stehen. Es war leer. Eine kleine Notiz lag auf seinem Schreibtisch: *Sind gleich wieder da.*

Er hatte also ein wenig Zeit. Steffens öffnete die kleine Tüte und leerte sie auf seinem Tisch aus. Danach pustete er die toten Fliegen von der Fensterbank und drapierte dort acht Spielzeugkühe. Und auch der kleine Landwirt mit einem Rechen in der Hand fand seinen Platz hinter der Horde von Minirindviechern. Die anderen Bauernhoftiere verschwanden wieder in der Tüte und wurden ganz hinten in der Schublade versteckt. Der Kommissar grinste. Er erinnerte sich noch zu gut an eine seiner ersten Autofahrten mit Kirchfink, als der Assistent ihm erklärt hatte, wie spannend seine Kindheit in Monschau gewesen war, wo er unter anderem gelernt hatte, Kühe mit Stöcken von der einen Weide zur anderen zu treiben. Und heute wurden die Polizisten immer noch zu ähnlichen Einsätzen gerufen. Er war zufrieden mit seinem kleinen Stillleben.

Plötzlich wurde die Tür aufgestoßen. Kirchfink und die beiden Streifenpolizisten stürmten in das Büro. Kirchfink, der den Kommissar als erster bemerkte, knallte einen Stapel weiterer Ausdrucke auf seinen Schreibtisch. »Chef, Sie sind genau richtig zurückgekommen. Die Spurensicherung hat noch weitere Fotos sicherstellen können und hier ist das Ergebnis. Wir haben sie eben erst im Technikraum ausgedruckt. Mit ausladender Geste zeigte er auf die Fotos. Steffens hielt es nicht mehr auf seinem Stuhl und schon bald standen alle vier Männer um den Tisch und begutachteten die Bilder.

»Ach du Scheiße«, fluchte der Kommissar. »Den kenn ich noch aus Köln. Ohne Hose sieht der nicht viel besser aus, als ich ihn mit Klamotten in Erinnerung habe.«

»Und das ist ja Steffens, unser früherer Bürgermeister, der so mir nichts, dir nichts verschwunden ist.« Kirchfinks Stimme überschlug sich fast. »Der hieß genau wie Sie, Chef. Sind Sie eventuell mit ihm verwandt?«

»Glaub ich nicht«, antwortete der Kommissar schmallippig.

»Und wer verbirgt sich hinter den Masken?«, fragte Basti Schreiber.

»Was ist das denn für eine blöde Frage? Was meinst du denn, warum die maskiert sind? Promis stecken dahinter«, bemerkte Paul Kreitz.

»Aber dann mussten die doch gewusst haben, dass Fotos gemacht werden«, folgerte Basti Schreiber völlig richtig.

Steffens horchte auf. Es war tatsächlich nicht unwichtig, ob die illustre Gesellschaft gewollt oder ungewollt abgelichtet worden war.

»Weiter«, sagte er. »Wer erkennt noch jemanden?«

»Der hier, der hat doch noch vor der letzten Landtagswahl auf den Plakaten von Laternenmasten gelächelt. Ich komm auch gleich auf den Namen.« Kirchfink überlegte laut, indem er einige Silben unterschiedlich betonte.

»Das ist noch ein Politiker«, zeigte Paul Kreitz auf einen weiteren Mann, der nackt von der Kamera eingefangen worden waren.

Tatsächlich erkannte auch Steffens noch einige Geschäftsleute, die ihm aus Köln bekannt waren.

»Alle, die von diesen Fotos gewusst haben, hatten einen Grund, Nina lieber tot als lebendig zu wissen, soll heißen, all diese Männer sind Verdächtige«, resümierte der Kommissar fassungslos. »Heilige Scheiße, wo fangen wir da an?«

Basti Schreiber hatte sich hinter seinen Schreibtisch gesetzt und fing plötzlich an zu lachen. Fragend schauten die anderen ihn an. »Jedenfalls nicht mit Kühetreiben«, brachte er glucksend hervor und zeigte dabei auf Steffens Fensterbank. Alle folgten seinem Blick und sahen dann ihren Chef amüsiert an.

»Am besten beenden wir jetzt den Tag, es war anstrengend genug«, meinte der Kommissar, der sich kaum das Grinsen verkneifen konnte.

Kirchfink sah auf die Uhr: »Chef, so spät ist es doch noch gar nicht.«

»Aber es könnte in den nächsten Tagen recht turbulent werden und ein gewaltiges Maß an Überstunden geben. Ruht euch also jetzt schon mal aus.«

»Im Voraus quasi. Das finde ich anständig«, freute sich Basti Schreiber.

»Und was machen Sie?«, fragte Kirchfink, der von der Ahnung getrieben wurde, dass der Chef etwas vorhatte.

»Nichts Besonderes«, antwortete Steffens.

KAPITEL ACHTZEHN

Dem Kommissar war mulmig zumute, als er sich frisch machte und dann wieder seine ganz persönliche Uniform anzog, eine Edeljeans, ein weißes T-Shirt, die Lederjacke, die schon mehr einem Schutzschild seiner Seele gleichkam, und natürlich die Boots, passend zum Ledergürtel.

In Köln kannten ihn alle noch mit Bart. Den hatte er sich aber gleich zu Beginn seiner Monschauer Zeit abrasieren lassen und war dazu extra zu einem echten Barbier in Aachen gegangen. Jetzt strich er sich mit Daumen und Fingerkuppen gleichzeitig über beide Wangen, so als wollte er prüfen, ob der Bart wieder da war, und hoffte dabei auf einen guten Ausgang dieses Abends. Er hatte ganz kurzzeitig überlegt, Kirchfink mitzunehmen, oder ihn wenigstens zu informieren, war aber dann doch zu dem Schluss gekommen, dass er diesen Besuch alleine machen musste.

Noch ein bisschen Eau de Toilette, der Rest eines Geschenkes von Christina, und Steffens fühlte sich gewappnet.

Die Fahrt nach Köln verging viel schneller als er dachte. Er fand einen Parkplatz in der Nähe des Rheinufers. Seine genauen Ortskenntnisse von früher hatten ihn nicht im Stich gelassen.

Der Dienstrevolver lag im sicheren Schließfach des Polizeipräsidiums in Monschau.

Als er aus dem Wagen ausstieg war die Sonne schon untergegangen und die Abenddämmerung tauchte seine Lieblingsstadt in angenehmes Licht. Er nahm den vertrauten Duft einer Melange aus Rhein, Natur und Abgasen wahr. »Heimat!«, durchzog es ihn. »Das ist Heimat. Viva Colonia!«

Der Kommissar durchschritt die kleinen Gassen, gesäumt von alten Häusern, in denen verschiedene und sehr unterschiedliche Kneipen untergebracht waren, bis er vor einem bestimmten Nachtlokal, das mit besonders aufdringlicher Neonreklame auf sich aufmerksam machte, stehen blieb.

Steffens atmete mehrere Male tief ein und aus, wie er es im Rahmen einer ihm aufgezwungenen psychotherapeutischen Behandlung gelernt hatte.

Dann stieß er die Tür auf und betrat den schummrig beleuchteten Raum. Die Wände, die Sitzmöbel und der Teppich waren aus rotem Samt. Jedes Geräusch wurde durch den edlen Stoff regelrecht verschluckt. Säulen und Torbögen sollten wohl eine orientalische, intime Atmosphäre vorgaukeln. Den krassen Gegensatz dazu bildeten schwere Kronleuchter, die in regelmäßigen Abständen von der Decke herabhingen. In der Mitte des so eingerichteten Etablissements befand sich eine gläserne, von innen beleuchtete und drehbare Bühne, auf der eine äußerst knapp bekleidete Tänzerin laszive Bewegungen zu leiser Musik machte.

Hinter der Bar, an der Längsseite des Raumes, stand immer noch Trixi, die der Kommissar von früher kannte und die das Altern ihres Gesichtes hinter einer dicken Schicht Make-Up, künstlichen Wimpern und Kajal verbarg. Ihre sonnenbankgebräunte, faltige Haut stellte sie großzügig zur Schau. Wer hierher kam, rechnete nicht damit, Hautcouture vorzufinden.

»Alles klar, Herr Kommissar …«, summte sie nach einer bekannten Melodie, dessen Interpret Steffens im Augenblick nicht einfallen wollte. Er hatte andere Sorgen.

»Mach mir mal ein Bier!«, bat er, während er einen der ebenfalls roten Barhocker enterte.

»Kommt sofort«, schnurrte sie geradezu und reichte ihm kurze Zeit später eine Kölschflöte über den blankgeputzten Tresen.

»Danke! Ist er da?«, fragte Steffens.

»Ich weiß nicht, wen du meinst«, antwortete die Bardame.

»Du weißt genau, was und wen ich meine und bevor ich deutlicher werden muss: Ist er da? Der Kölner!« Der Kommissar betonte jede Silbe übertrieben deutlich.

Trixi griff zum internen Telefon und flüsterte in den Apparat. Unmittelbar danach öffnete sich hinter der Bar eine Tür, die von dieser Seite einen bodenlangen Spiegel mimte. Steffens war sich nicht sicher, ob der von der Rückseite nicht sogar durchsichtig war.

Fast schon majestätisch und von seinen Bodyguards flankiert, durchschritt der Kölner den Raum. Seine gigantische Größe von knapp zwei Metern verschlug Steffens den Atem. So groß hatte er ihn gar nicht in Erinnerung gehabt.

Der Gesichtsausdruck versprach nichts Gutes. Die Mimik strahlte eine unvorstellbare Brutalität aus, was durch eine Narbe quer über der rechten Wange noch verstärkt wurde. Das linke Ohrläppchen hatte der Kölner sich mit einem großen, schwarzen Ring verbreitern lassen, was dem Mann einen noch intensiveren Ausdruck von Härte verlieh. Steffens registrierte, dass er tatsächlich durch die so entstandene Öffnung hindurchsehen konnte.

Der Kölner war auffallend elegant gekleidet. Ein schwarzes Oberhemd mit gleichfarbiger Krawatte, eine schwarze, ärmellose Lederweste und eine schwarze Lederjeans wurden von handschuhledernen Schuhen, natürlich in schwarz, ergänzt. Die nur wenig aufgekrempelten Hemdsärmel ließen den Blick auf die Spitze eines tätowierten Schwertes frei. Der Rest des Motives versteckte sich unter dem Stoff. Das schwarze Kopfhaar war nach hinten gekämmt und mit einer Überdosis Gel fixiert.

Schlagartig trat Stille ein. Die Tänzerin raffte ihre spärlichen Dessous zusammen und verließ die Bühne.

Die wenigen Gäste, die für so eine Art Etablissement viel zu früh dran waren, wurden von den beiden Bodyguards hinaus gebeten, Steffens drehte sich wie in Zeitlupe um. Er fröstelte.

Der Kölner ließ seine Fingerknöchel einzeln und nacheinander knacken und schob dann die Ärmel seines schwarzen Hemdes bis zum Ellbogen hoch. Die großflächige Tätowierung wurde sichtbar. Die beiden Männer funkelten sich an. Die Zeit schien stillzustehen. Im Raum war es mucksmäuschenstill.

»So, du wagst es also tatsächlich, hier noch einmal reinzuschneien?«, donnerte der Kölner los. »Hast du denn vergessen, dass ich meine Bude hier deinetwegen für drei Monate schließen musste? Und statt netter Mädchen liefen hier Bullen rum und haben mir den Laden auf links gedreht. Aber gefunden haben die nichts!« Die Stimme des Hünen wurde immer schneidender. »Keine Einnahmen, massenhaft Ausgaben, Kündigungen meiner besten Mädchen, weil die woanders unterkommen konnten, keine Partys, nur tote Hose und das alles deinetwegen! Eine Blamage nach der anderen!«

»Ich freu mich ja für dich, dass du wenigstens deinen Kopf aus der Schlinge ziehen konntest«, versuchte Steffens ungeschickt, Ruhe in die Situation zu bringen, machte damit aber alles nur noch schlimmer.

»Du freust dich für mich, du ausgemachtes Stück Scheiße? Und überhaupt, aus welcher Schlinge? Dass ich nicht lache! Was hast du denn von deiner Schnüffelei gehabt, du Looser? Vertrieben haben sie dich aus Köln, weil dich hier niemand mehr ertragen konnte! Mir haben die nichts nachweisen können!« Der Kölner fand kein Ende und redete sich immer mehr in Rage.

Steffens suchte krampfhaft nach den richtigen Worten, um endlich einhaken zu können. Dabei beobachtete er angewidert die Spucketropfen, die sich aus dem Mund seines Gegenübers den Weg ins Freie suchten.

»Stopp, Kölner! Ich bin nicht gekommen um alte Kamelle aufzuwärmen. Ich bin hier, weil ich in einem Mordfall ermittle!«, rief er schließlich dazwischen.

Der Kölner stutzte und glotzte ungläubig. »Wir sind hier nicht in der Bronx. Und du aus der Eifel hast hier erst recht nichts zu ermitteln«, konterte er scharf und kam dabei mit seinem Zeigefinger gefährlich nah an Steffens Gesicht.

Das lenkte Steffens ab, und so merkte er zu spät, wie aus der auf ihn zeigenden Hand blitzschnell eine Faust wurde. Quasi aus dem Nichts flog die Faust des Kölners nach vorne und traf den Kommissar völlig unvorbereitet in die Magengrube.

Um nicht ganz zusammenzusacken, griff er haltsuchend nach der Stange, die wie ein Handlauf rund um den Tresen befestigt war. Gerade noch rechtzeitig konnte er sich daran festhalten, denn dann folgten noch eine Kopfnuss und ein Schlag mit der Handkante ins Gesicht. Es gab ein hässliches Geräusch und Blut breitete sich in seinem Rachenraum aus. Er spürte einen schneidenden Schmerz und den Eisengeschmack auf der Zunge. Er musste unwillkürlich schlucken. Aber auch aus der Nase sickerte das Blut über das Kinn auf sein weißes T-Shirt und breitete sich dort aus.

»Hat jet von Schneewittchen: kein Arsch, keine Tittchen«, grölte der Kölner und zeigte mit dem Hochmut des unfairen Gewinners auf die frischen Blutflecken, die das schneeweiße Baumwollhemd besudelt hatten. »Ich denk, du bist nach Monschau versetzt worden. Was willste denn dann hier?«

Steffens versuchte, seine Wut in Schach zu halten: »Bevor ich mich totlache, Kölner, in Monschau ist eins deiner Mädchen ermordet worden«, brachte er mühsam und nach Luft ringend hervor. Dabei war er krampfhaft bemüht, einigermaßen gerade stehen zu bleiben.

»Jetzt muss ich aber lachen! Muss schön blöd gewesen sein, dat Kläng«, dröhnte der Kölner hemmungslos. »Und was soll ich damit zu tun haben? Glaubst du wirklich, ich führ dir hinterher, nur um nach Monschau zu kommen und dann da eins meiner Pferdchen zu töten? Ich war das bestimmt nicht!«

»Du wahrscheinlich nicht, aber vielleicht einer deiner Helfer? Du organisierst doch die Feste in der Jagdhütte oben im Venn mit Drogen, Sex und sonst noch was für dein Publikum aus Köln und Umgebung.« Das durch die kaum zu bändigende Wut ausgeschüttete Adrenalin ließ Steffens mutig werden.

»Sei vorsichtig ming Fründ, du hast dich schon mal vertan und dann warste weg. Mein Motto ist: Mach kapott, wat disch kapott macht!« Und wie, um seinen Worten besonderen Ausdruck zu verleihen, knallte er Steffens Kopf auf den Tresen aus glänzendem, schwarz geschliffenem Eifeler Blaustein.

»Lass jetzt gut sein, das ist nun aber wirklich genug!«, kreischte Trixi angewidert, die die Eskalation die ganze Zeit schweigend beobachtet hatte. Angesichts dieser Brutalität vergaß die Frau ihren Gehorsam dem Kölner gegenüber. Sie griff in eine Schublade und reichte dem Kommissar ein frisches Geschirrtuch.

Steffens richtete sich langsam auf. Ihm war unglaublich schlecht, aber diese Blöße wollte er sich hier und jetzt nicht geben. Er schluckte das Gemisch aus Blut und aufkommender Magensäure tapfer hinunter und drückte fast schon dankbar das Tuch gegen die frische Platzwunde an der Stirn.

»Bevor ich gehe, solltest du noch wissen, dass wir Fotos deiner Gäste sicherstellen konnten, und nicht nur von denen, wenn du weißt, was ich meine. Und bevor du auf noch mehr dumme Gedanken kommst, die sind bei der Spurensicherung, nicht in meiner Jackentasche, und meine Kollegen wissen, wo ich bin«, japste der Kommissar und schnappte dabei nach Luft. Die letzte Bemerkung war geflunkert.

»Verpiss dich, du Hurensohn. Und ich kann dir noch raten, auch mal nach deinem Namensvetter, dem früheren Bürgermeister von dem Montjoi zu fragen. Ansonsten, das Kölsch geht aufs Haus«, donnerte der Kölner. Aber wer ihn kannte, merkte seine aufkeimende Unsicherheit hinter dem plötzlich, viel zu lauten Lachen.

Nur zu gerne verließ Steffens die Bar und wankte auf die Straße. Er hatte nicht unbedingt gehört, was er hören wollte, aber selbst so viele Informationen weitergegeben, um sicher sein zu können, dass jetzt einigen Mitgliedern der Szene rund um den Kölner der Arsch auf Grundeis ging. Angesichts der Platzwunde und der Übelkeit nach dem Schlag in die Magengrube, fand er auch für sich keine andere Formulierung.

Er staunte wie schon so oft, dass Kopfwunden immer sehr stark bluteten. Ungeachtet der fragenden und auch erschrockenen Blicke, die ihn auf dem Weg zum Auto verfolgten, drückte er das blutdurchtränkte Geschirrtuch weiterhin fest gegen die Stirn und versuchte nicht zu torkeln. Er war ziemlich benommen und sich daher schmerzlich bewusst, nicht mit dem »James Bond-Gen« ausgestattet zu sein.

Am Wagen angekommen, ließ der Kommissar sich schließlich auf den Fahrersitz fallen und legte seinen Kopf gegen die Rückenlehne. Mit geschlossenen Augen machte er die schon bekannten Atemübungen und fragte sich zum allerersten Mal, ob Köln wirklich noch seine Heimat war. Die Blutung war gestoppt, aber einzelne, unkontrollierbare Tränen der Wut bahnten sich ihren Weg über das verunstaltete Gesicht.

»Christina, verdammte Scheiße, du wüsstest jetzt genau, was ich machen soll«, stöhnte er, aber niemand konnte ihn hören.

Mit der einen Hand das Tuch immer noch an der Stirn fixierend und die andere Hand am Steuerrad, trat er irgendwann später den Rückweg nach Monschau an. Er hatte wohl kurze Zeit geschlafen.

Es war eine zermürbende Fahrt. Steffens war froh, sein Auto endlich auf dem Anwohnerparkplatz vor seiner Wohnung in Monschau abstellen zu können.

Schon beim Einparken nahm er im Augenwinkel eine zierliche Gestalt wahr, die vor dem Hauseingang hockte und offensichtlich auf ihn wartete.

KAPITEL NEUNZEHN

Die Beine bis zum Kinn angezogen und mit den Armen umschlungen saß die junge Frau auf den zwei Treppenstufen, die zur Haustür führten. Steffens versuchte, möglichst gerade zu gehen. Das Geschirrtuch hatte er schon während der Autofahrt in den Fußraum vor dem Beifahrersitz geworfen.

»Julia Kosslik!«, entfuhr es ihm. »Ich fass es nicht! Seit Tagen versucht Kirchfink, Sie erinnern sich doch sicher an meinen Assistenten, Sie zu erreichen, und jetzt hocken Sie mitten in der Nacht vor meiner Wohnung. Woher wissen Sie eigentlich, wo ich wohne?«

»Hallo, wir sind in der Eifel. Da bleiben nur sehr wenige Dinge wirklich geheim«, konterte die junge Frau forsch.

Steffens schloss die Haustür auf und der innenliegende Bewegungsmelder schaltete automatisch das Flurlicht an.

»Ach du Kacke.« Julia Kosslik war sichtlich entsetzt, als der Lichtstrahl das verletzte und mit Blut verschmierte Gesicht des Kommissars als Fratze darstellte. »Was haben Sie denn gemacht? Kommen Sie, jetzt kümmern wir uns erst mal um die Wunde und dann sehen wir weiter.«

»Reimt sich auf Eiter«, versuchte Steffens die Situation ins Lächerliche zu ziehen.

»Bringt nichts, mein Freund. Endlich kann ich mal unter Beweis stellen, dass sich mein abgebrochenes Medizinstudium doch noch gelohnt hat.« Selbstbewusst fand Julia das Badezimmer und kam mit einer Minimalausrüstung zur Wundbehandlung zurück.

»Müsste mal aufgestockt werden«, meinte sie lapidar und zeigte auf die paar Utensilien, die sie im Medizinschrank gefunden hatte. Stumm forderte sie den Verletzten mit einer Kopfbewegung auf, sich auf das Sofa zu legen.

»›Mein Freund‹ hat heute schon einmal jemand zu mir gesagt, aber er hat es auf Kölsch ausgesprochen.«

»Kann ich auch«, flüsterte Julia konzentriert, als sie mit der vorsichtigen Reinigung begonnen hatte. »Hinlegen, stillhalten und einfach vertrauen, ming Fründ.« Ihr Ton erlaubte keine Gegenwehr.

Dennoch fluchte der Kommissar: »Aua, Scheiße nochmal, muss das sein?«

»Sei einfach ruhig!«, gebot die Frau und machte unbeirrt weiter.

Auf dem Rücken liegend wand sich Steffens, fluchte, zog die Luft hörbar zwischen den Zähnen ein und merkte doch, dass sein Gebaren überhaupt keinen Zweck hatte.

Julia hatte sogar ein Klammerpflaster gefunden, das sie dem Kommissar als Abschluss der Wundversorgung auf die Platzwunde klebte.

Danach zog sie ihm vorsichtig das vollgeblutete T-Shirt aus. Steffens ließ es geschehen und das, was dann folgte, ließ ihn doch an ein eigenes James Bond-Gen glauben.

Die junge Frau setzte sich auf den liegenden Kommissar, entledigte sich gekonnt ihres lindgrünen Pullovers über den Kopf und warf ihn achtlos auf den Boden. Sie beugte sich über Steffens zerschundenes Gesicht. Ihre Lippen suchten vorsichtig die heilen Stellen und ignorierten den scharfen Geschmack des zuvor aufgetragenen Infektionsmittels. Julias lange, blonden Haare umfingen den Kommissar, wie um ihn vor den Erinnerungen der letzten Stunden abschirmen zu wollen. Vor Steffens geistigem Auge erschien eine eindeutige Szene aus seinem Lieblingsfilm *Casino Royale*.

Er ließ es geschehen.

Einige Stunden später erwachte der Kommissar mal wieder mit brüllenden Kopfschmerzen aber auch irgendwie zufrieden auf der Couch unter einer Wolldecke und mit Julia im Arm.

Auch die junge Frau öffnete die Augen und lächelte den Mann der Nacht an. »Und wie weit seid ihr mit den Untersuchungen zum Mord an Nina gekommen?«

»Wie unromantisch«, murmelte Steffens.

»Na ja, du hast erzählt, dass du gestern in Köln warst und dort eine Abreibung von irgend so einem Kneipenfuzzi bekommen hast. Gemessen an dem, wie ich dich versorgt habe, könntest du ruhig ein wenig redseliger sein.«

Steffens setzte sich vorsichtig auf. »Hat das Fräulein Fastdoktor auch was gegen Kopfschmerzen im Arzneikoffer?«

»Mein Koffer ist ein Schränkchen und hängt in deinem Bad«, äffte sie den Tonfall nach, ging aber los, um nach Medikamenten zu suchen. Als sie mit einem Zahnputzbecher voll Wasser und zwei Tabletten wiederkam, fragte sie unverblümt weiter.

»Moment, lass mich erst mal wach werden«, bat Steffens.

Wenig später saßen die Beiden nebeneinander auf der Couch und Julia erfuhr gerade so viel, wie auch die schon Verhörten wussten. Steffens war zu sehr Profi, als dass eine Bettgeschichte ihn aus der Reserve hätte locken können.

»Ach, übrigens, ich kenne diese Hütte. Da war ich auch schon, weil Nina mich dazu überredet hat, mal einen schnellen Euro verdienen zu können. Und die Freier wären ja alle sooo nett«, gestand Julia.

»Was? Du kennst die Herren?«

»Na ja, ›kennen‹ wäre übertrieben und unter uns, die will ich auch gar nicht kennen! Die paar Male haben mir gereicht. Was für ein Gesöcks sich da getroffen hat! Aber sie waren großzügig zu uns Mädchen.«

Steffens hatte das Gefühl, schon fast neben einer Kronzeugin zu sitzen.

»Scheiße, das kann doch nicht wahr sein.« Er griff zu seinem Handy, das auf dem Couchtisch lag. Aufgeregt fingerte er an den unterschiedlichen Knöpfen, ignorierte mehrere entgangene Anrufe, öffnete endlich die Galerie, um Julia die Fotos zu zeigen, die die Spurensicherung auf Ninas Mobiltelefon gefunden hatte.

Er beobachtete, wie diesmal der jungen Frau die Kinnlade herunterfiel. Kopfschüttelnd betrachtete sie die Fotos, unfähig, einen Kommentar abzugeben.

«Wen erkennst du?«, fragte der Kommissar ungeduldig.

»Moment, das ist eindeutig Hengst Mommertz.«

»Du meinst Jürgen Mommertz?«

»Keine Ahnung, Namen waren unwichtig. An diesen Abenden galten die Spitznamen. Und der wollte unbedingt ›Hengst Mommertz‹ gerufen werden. Ah, sieh an, der Steffens. Egal welchen Spitznamen der für sich auserkoren hat, den Typ kennt doch nun wirklich jeder. Das ist der ehemalige Bürgermeister von Monschau. Und den immer ›Boss‹ zu nennen, war mir jetzt echt zu blöd. Bist du eigentlich mit dem verwandt?«

»Ähm, ich glaube nicht, oder besser: Ich hoffe nicht«, antwortete Steffens.

»Das hoffe ich auch. Was man sich von dem alles erzählt ... Mann oh Mann, das geht auf keine Kuhhaut!«, ereiferte sich Julia.

»Echt?« Steffens wurde immer neugieriger. Julia Kosslik war offensichtlich ein Quell des Insiderwissens.

»Na ja, der war wohl dick im Baugeschäft, aber ziemlich halbseiden das Ganze.«

Steffens versuchte unwillkürlich fragend die Stirn zu runzeln. »Au«! Blöde Wunde«, zuckte er zusammen. »Also mit ›halbseiden‹ meinst du was?«

»Das alles war am Rande der Legalität, oder sogar auch dick über deren Grenze hinaus. Steuerhinterziehung, fragwürdige Bauherrenprojekte aber auch Drogen- und Mädchenhandel. Der war vor nichts fies.«

Ungläubig blickte er der jungen Frau ins Gesicht. »Das sind schon ziemlich massive Anschuldigungen. Woher weißt du das alles?«

»An den Abenden in der Hütte wurde angegeben. Und das nicht nur mit Männlichkeit und Stehvermögen, sondern auch mit vermeintlichen Leistungen im Alltag. Und wer nichts anderes vorzuweisen hatte, als ausgelebte kriminelle Energie, der kam sich besonders stark vor. Ich möchte nicht ausfallend werden, deshalb versuche ich meine Ausdrucksform zu zügeln.« Julia machte eine kleine Pause.

Steffens konnte sich trotz der Ungeheuerlichkeiten ein sarkastisches Grinsen kaum verkneifen: »Da bekommt doch der Begriff ›Jägerlatein‹ eine ganz neue Bedeutung. Nur dass in diesem Fall die Jäger eine ganz besondere Beute vor dem Rohr hatten.«

»Und ihren ganz eigenen Spaß haben wollten«, ergänzte Julia. »Ich jedenfalls kam mir vor wie bei einer Deckbullenpräsentation. Es war einfach widerlich.«, erklärte sie unbeeindruckt weiter.

Steffens schwieg. Ihm wurde einiges klar. In Gedanken ging er den Ablauf der nun folgerichtigen Strategie durch.

»Julia, ich muss ins Präsidium. Wenn dir noch etwas Wichtiges einfällt, melde dich bei mir.«

»Jetzt bist du unromantisch«, lachte sie und verließ wenig später mit dem Kommissar gemeinsam dessen Wohnung.

KAPITEL ZWANZIG

Im Präsidium starrten Kirchfink, Basti Schreiber und Paul Kreitz ungläubig auf das angeschwollene und blau verfärbte Gesicht ihres Chefs. Aber bevor irgendeiner auch nur den Ansatz einer Frage stellen konnte, antwortete Steffens schon im Voraus: »Ich habe versucht, Kühe zu treiben, bin aber leider bei einer Deckbullenpräsentation gelandet.«

»Hä?«, fragte Basti Schreiber.

»Genug für heute, erklär ich euch alles später. Jetzt fahren Kirchfink und ich zum Mommertz nach Roetgen.«

Die beiden Streifenpolizisten sahen sich fragend an, trauten sich aber nicht, noch etwas zu sagen. Auch Kirchfink hatte den Tonfall seines Chefs richtig gedeutet. Er nahm den Trenchcoat vom Haken und folgte Steffens, der schon vorgegangen war.

Sie machten einen kleinen Umweg, um bei Huberta einen Kaffee zu trinken.

Die lebenserfahrene Frau musterte den Kommissar möglichst unauffällig. »Sie hatten wohl eine anstrengende Nacht, was?«, war ihr einziger Kommentar. »Kenn ich ein gutes Gegenmittel.« Ohne viele Worte füllte sie einen doppelten Espresso in eine der vorgeheizten Tassen, die auf dem Kaffeeautomaten parat gestapelt waren, reicherte die schwarze Brühe mit fünf Löffeln Zucker an und verschwand hinter einem Regal. Mit dem Kaffee in der einen und einem Glas sauer eingelegter kleiner Gürkchen in der anderen Hand kam sie zurück. »Noch besser wäre ja jetzt ein Els, den hat mein Großvater sogar den kalbenden Kühen eingeflößt, aber ich weiß nicht, so im Dienst ist das wahrscheinlich keine sehr gute Idee.

»Und ich bin keine kalbende Kuh«, ergänzte der Kommissar grimmig, »wenn ich auch jetzt eine Vorstellung von Zuchtbullen habe.«

Huberta blickte fragend zu Kirchfink. Der aber unterstrich seine eigene Unkenntnis mit einem übertriebenen Schulterzucken und herunterhängenden Mundwinkeln.

Die Beiden beobachteten mit Genugtuung, wie Hubertas Geheimrezept offensichtlich Steffens Lebensgeister wiedererweckte, während sie selber einen normalen Kaffee tranken.

KAPITEL EINUNDZWANZIG

Die beiden Ermittler fuhren kurz darauf von Mützenich über Konzen nach Roetgen. Diesmal fand der Kommissar Mommertz' Adresse auch ohne Kirchfinks Hilfe. Er parkte sein Auto vor der eindrucksvollen Buchenhecke, in die wohl schon vor Jahrzehnten ein Rundbogen als Gartenzugang eingearbeitet worden war. Steffens krempelte den Jackenkragen seiner Lederjacke hoch. Kirchfink machte es ihm mit seinem Trenchcoat nach. Es hatte zu nieseln angefangen.

An der Haustür mit dem Geweih darüber klingelten sie und freuten sich, dass der Hund, Diego, offensichtlich nicht anwesend war, denn das laute Bellen blieb aus. Jürgen Mommertz öffnete die Tür und bat die beiden Herren, angesichts des schlechten Wetters, in die Diele.

»Ihre Frau ist nicht da?«, vergewisserte sich der Kommissar

Unruhig blickte Mommertz wie zur Bestätigung durch das kleine Fenster in der Haustür. »Sie ist tatsächlich mit dem Hund unterwegs, kommt aber sicher gleich zurück, bei dem Sauwetter.«

»Dann machen wir es kurz!«, antwortete Steffens und schob sich an dem verdutzten Hauseigentümer vorbei ins Wohnzimmer.

Kirchfink folgte ihm unaufgefordert und Mommertz blieb nichts anderes übrig, als das Schlusslicht dieser Miniprozession im eigenen Flur zu bilden.

Im Wohnzimmer zückte Steffens das Handy. »Wir zeigen Ihnen jetzt ein Foto. Je präziser Sie antworten, umso schneller sind wir wieder weg.«

Mommertz holte tief Luft. Er war sich bewusst, keine andere Chance zu haben und betete innerlich, dass Hildegard mit dem Hund nicht so bald zurückkommen würde. Aber anstatt sich voll und ganz auf das Foto zu konzentrieren, das ihm der Kommissar jetzt hinhielt, verlor er sich in dem Gedanken daran, ob seine Frau wohl Gummistiefel an den Füßen hatte. Die würden sie ja dann vor dem Nieselwetter schützen.

»Herr Mommertz!«, wiederholte Steffens jetzt etwas eindringlicher und übertrieben betont. »Ich hatte Sie gefragt, ob Sie diesen Mann kennen und er vielleicht sogar am Abend der Mordnacht auch in der Hütte gewesen ist!«

»Was?«, Mommertz wirkte benommen. »Ach so ja, den kenne ich. Der war oft da, aber beim letzten Treffen kam er auffallend später.«

»Auffallend später?«, mischte sich jetzt Kirchfink ein. »Was soll das denn heißen?«

»Na ja, zu spät halt. Und auffallend, weil er sehr unruhig wirkte und erst mal an der Bar, die kleine Hütte hat tatsächlich sowas, nach einem Drink fragte. Mir sollte es egal sein, ich war anders beschäftigt.«

Steffens verdrehte die Augen und schluckte jede Bemerkung runter.

»Aber nach einiger Zeit ist der noch mit einem anderen aneinandergeraten«, spulte Mommertz seine Erinnerungen ab.

Steffens wurde aufmerksam. »Mit wem denn?«

»Mit so einem Riesen.«

Der Kommissar suchte in der Galerie seines Handys nach einem bestimmten Foto. Schließlich fand er es und zeigte es Mommertz. »Der hier vielleicht?«

»Genau der. Fragen Sie mich jetzt bloß nicht nach dessen Namen. Den nennen alle nur den Kölner.«

Der Kommissar nickte, ließ sich nichts anmerken und fragte stattdessen weiter: »Aber Nina, haben Sie die an dem Abend auch gesehen?«

»Nicht in der Hütte, als ich ankam, verschwand sie gerade hinter den Autos in Richtung Hochstand. Das war nicht ungewöhnlich, der Hochstand ist so eine Art Separee.«

»Haben wir uns schon gedacht«, erklärte der Kommissar völlig unbeeindruckt.

Die drei Männer horchten auf, als sie den Schlüssel im Schloss der Haustür hörten. Wie versprochen ließ Steffens das Handy in die Jeanstasche gleiten. In dem Moment wurde die Zimmertür geöffnet und ein nasser, unangenehm riechender Hund in Begleitung seines Frauchens kam in den Raum. Diego stutze einen Moment, dann blieb er in der Mitte des Zimmers auf dem Teppich stehen und schüttelte sich erst einmal ausgiebig. Die Wassertropfen flogen aus dem üppigen Fell durch die Luft und trafen alle Dinge, die sich ihnen in den Weg stellten. Kirchfink und Steffens drehten sich schnell um und entkamen so der nun folgenden, stürmischen Begrüßung des begeisterten Vierbeiners, der sich aber als erstes auf sein Herrchen stürzte.

Hildegard Mommertz streifte die Ermittler mit einem fragenden Blick. Die aber beeilten sich, das Haus zu verlassen. Sie liefen durch den Regen zum Auto und traten den Rückweg nach Monschau an.

Auf der Anhöhe von Fringshaus, wo die Straße ohne einen Grenzübergang plötzlich durch belgisches Gebiet führte, wurde der Wagen vor ihnen mit einem grellroten Licht geblitzt. Steffens trat geistesgegenwärtig auf die Bremse und entging der Radarfalle so in letzter Sekunde.

»Schwein gehabt!«, bemerkte Kirchfink trocken.

Den Rest des Tages verbrachten die Beamten mit Büroarbeit.

»Ich hasse diese Spesenabrechnungen und das Berichte schreiben«, stöhnte Steffens.

KAPITEL ZWEIUNDZWANZIG

Am nächsten Morgen hingen nach dem Regen schwere, graue Wolken tief über der Monschauer Altstadt.

Aus den gewaltigen Kronen der alten Bäume auf dem Marktplatz lösten sich noch immer dicke Tropfen, obwohl der Regen längst aufgehört hatte.

Die größtenteils mit Schiefer gedeckten Dächer und die teilweise aus demselben Material verkleideten Fassaden glänzten feucht und bildeten einen starken Kontrast zu den schwarz eingerahmten hellen Feldern des freiliegenden Fachwerks der alten Häuser, von denen manche Bauten im Laufe der Jahrhunderte in eine solche Schieflage geraten waren, dass sie sich, scheinbar um Halt zu finden, aneinander lehnten.

Die mit Kopfsteinpflaster aus Eifler Blaustein belegten Straßen wirkten wie blank poliert.

Kaum ein Fahrzeug fuhr über den nassen Belag. Die Monschauer Innenstadt durfte nur von Anwohnern befahren werden.

Steffens stand mal wieder am Fenster seines Wohnzimmers und hing seinen Gedanken nach. Dabei empfand er die Umgebung vor seiner Wohnung als wohltuend ruhig. Irgendwie schienen die unangenehmen Nebengeräusche der Zivilisation um Monschau herum einen großen Bogen zu machen.

Das Rauschen der mit Wasser hochgefüllten Rur unterstrich seinen Eindruck, Teil eines bewohnten Heimatmuseums zu sein. Seine Gemütslage entsprach genau der Stimmung da draußen.

»Das hier würde Christina gefallen«, dachte er wehmütig, gepaart mit einer ordentlichen Portion Selbstmitleid und ließ seinen Blick über die Idylle vor seinem Fenster gleiten. Gleichzeitig schob sich das Bild von Julia vor sein geistiges Auge. Steffens fühlte zum ersten Mal eine innere Verbindung zu einer anderen Frau neben Christina. Er war irritiert über sich selber, unfähig dieses Gefühl einordnen zu können.

Die verletzte Stirn schmerzte immer noch, allerdings hatte sich jetzt auch ein unangenehmer Juckreiz dazugesellt. Nur mit Mühe konnte Steffens dem Impuls widerstehen, an dem Klammerpflaster zu knibbeln.

»Dann wollen wir mal«, meinte er zu sich, wie um sich selber anzutreiben, verließ den Ausguck im Wohnzimmer, schlüpfte in die fein säuberlich gebügelten Jeans und ein frisches, weißes T-Shirt. In der Diele warteten sowohl seine Lederboots, die er wie immer nur halb zuschnürte, als auch die von Erinnerungsspuren speckige Lederjacke, von der er sich nie trennen würde. Den Regenschirm mit dem FC-Köln Logo ließ er in der Ecke stehen.

Im Treppenhaus, das zum Polizeipräsidium führte, empfing ihn heute schon wieder der würzige Geruch von heißem Kaffee. Dankbar öffnete er die Bürotür und blieb abrupt stehen. Es war eindeutig ein Mann zu viel in dem kleinen Raum.

»Guten Morgen die Herren!«, grüßte Steffens. Ohne eine Antwort abzuwarten, fragte er erstaunt: »Dr. Münster, schon so früh den Weg aus Aachen hier nach Monschau gefunden?«

»Sie haben halt das Büro mit der besten Kaffeemaschine«, konterte der Pathologe.

Das war das Stichwort für Basti Schreiber. »Möchten Sie auch einen, Chef?«, und griff, die Antwort ahnend, nach einem Becher. Er reichte Steffens den Kaffee, den der Kommissar dankbar annahm.

»Ich habe von meiner Frau den Auftrag bekommen, Monschauer Senf zu kaufen. Da dachte ich mir, ich schau mal nach Ihnen«, und mit Blick auf das verunstaltete Gesicht meinte der Arzt weiter: »Da komme ich als Gerichtsmediziner wohl zu früh und für die Erste Hilfe eindeutig zu spät. Tut's noch weh?« Eine gewisse Schadenfreude schwang als Unterton mit.

»Dr. Münster, warum werde ich das Gefühl nicht los, dass Sie zu den Opfern auf Ihrem Seziertisch eindeutig freundlicher sind, als zu den Lebenden in Ihrem Umfeld?«

»Das kann ich Ihnen sagen. Die halten ihren Mund und verschonen mich mit blöden Bemerkungen.«

»Klingt nach einer fast schon beneidenswerten Zusammenarbeit.«

»Jetzt im Ernst, soll ich mir die Wunde nicht doch noch mal angucken?«, fragte Dr. Münster einlenkend. Dabei blickte er intensiv auf das Klammerpflaster, unter dem sich offensichtlich ein heftiges Hämatom verbarg.

»Kommt da etwa der hippokratische Eid durch? Okay, ich hätte nichts dagegen«, erstaunte Steffens mit diesem Zugeständnis die Männer im Raum.

Dr. Münster begutachtete die Wunde, versorgte sie neu und legte einen frischen Verband an, bevor er dann endlich zu dem eigentlichen Grund seines Besuches kam: »Ich wollte den endgültigen Obduktionsbericht und den der Spurensuche selber vorbeibringen.«

Er kramte in seiner Tasche nach einem Stick, den Kirchfink dann beflissentlich in Steffens Computer steckte. »Mal sehen, ob jemand dabei ist, den wir kennen.«

»Fuck!«, fluchte der Kommissar, als er die wirklich lange Liste an Namen sah.

»Mit Sicherheit haben Sie Recht«, kommentierte Dr. Münster sarkastisch. »Sonst hätten wir ja nicht so viele Spermaspuren an und in Ninas Körper finden können.«

Auch die beiden bis dahin sehr still gebliebenen Streifenpolizisten beugten sich über den Monitor.

»Ach, sieh mal an«, meinte Paul Kreitz. »Schon wieder der Steffens.«

»Der taucht ja oft auf!«, staunte Basti Schreiber.
»Nicht nur der. Das Ganze liest sich wie das *Who is who* der jüngeren Rheinischen Kriminalgeschichte«, kommentierte Kirchfink, während er die Liste langsam weiter scrollte.

Fassungslos starrten die Männer auf die vielen Namen. Selbst Dr. Münster, der das Genmaterial ja eigenhändig isoliert, mit der Datenbank abgeglichen hatte und somit die Fotos kannte, war erneut entsetzt: »Das zeigt, wie erniedrigend diese ganze Situation für die Mädchen gewesen sein muss. Ich frage mich immer wieder, welche Motivation für die Frauen wohl dahinterstand.«

»Woher haben Sie denn die Namen?«, fragte Kirchfink berechtigterweise.

»Teilweise wegen vorangegangener krimineller Auffälligkeiten und der damit angelegten Täterdatei. Oder, und dass ich auf die Idee gekommen bin, macht mich besonders stolz: Es gab vor einiger Zeit einen landesweiten Aufruf, Speichelproben für die Behandlung eines an Leukämie erkrankten Jungen zuzulassen. Mit dem so gesicherten Zellmaterial kann man passende Stammzellenspender finden. Im Klinikum habe ich natürlich auch Zugriff auf diese Datei.«

Steffens' Gedanken drifteten ab. Er dachte an Julias Schilderungen. Gleichzeitig durchzuckte ihn plötzlich der Gedanke, dass es natürlich noch mehr junge Frauen gab, die den Fotos zur Folge auch zu den Gespielinnen gehörten und jetzt eventuell ebenfalls in Gefahr waren.

Da sie ja noch immer keinen wirklichen Hinweis, weder auf den Täter, noch auf dessen Motiv hatten, musste man schlimmstenfalls von einer Eliminierung der gesamten Truppe ausgehen.

Es galt also, nicht nur den Mord an Nina schnellstmöglich aufzuklären, es galt zudem, die anderen jungen Frauen zu schützen, auch Julia!

Niemand konnte gewährleisten, dass Nina das einzige Opfer bleiben würde. Hinzu gesellte sich die Angst, dass jemand beobachtet haben könnte, wie Julia auf den Stufen vor seinem Haus gewartet hatte und dann lange bei ihm gewesen war; lange genug, um womöglich wichtige Details auszuplaudern. Dann wäre sie eventuell sogar die Nächste.

»Was für eine Scheiße!« Steffens formulierte seine Befürchtungen, ohne die Erlebnisse dieser besagten Nacht zu konkretisieren. Die Kollegen sahen ihn entsetzt an. Nur Dr. Münster, der Steffens noch aus der gemeinsamen Kölner Zeit kannte, musterte ihn prüfend mit einem durchbohrenden Blick.

»Wir haben hier wohl in ein Wespennest gestochen und kämpfen jetzt gegen die wildgewordenen Tiere, die ihren Arsch retten wollen!«, war der einzige Kommentar des Pathologen.

»Kommen Sie, Kirchfink, ich möchte jetzt meinen Namensvetter kennenlernen«, forderte Steffens seinen Assistenten auf.

»Oha, und diesmal auf keinen Fall alleine«, bemerkte Kirchfink. Er schnappte nach dem Trenchcoat, den Basti Schreiber ihm schnell zugeworfen hatte.

»Haltet mich auf dem Laufenden!«, rief Dr. Münster in ungewohnt vertrauter Weise.

KAPITEL DREIUNDZWANZIG

Steffens und Kirchfink erreichten das gepflegte Fachwerkhaus in Kalterherberg, das noch zu Monschau gehörte. Wie so viele alte Häuser war auch dieses von einer gewaltigen Rotbuchenhecke eingefriedet.

Die beiden Männer durchschritten den reich blühenden Vorgarten und klingelten. Es tat sich nichts, sie versuchten es noch dreimal, dann folgten sie einem kleinen Kiesweg, der sie hinter das Haus führte. Dort arbeitete der andere Steffens in einem liebevoll angelegten Bauerngarten.

»Hallo, Herr Steffens«, begrüßte der Kommissar seinen Namensvetter und auch Kirchfink murmelte einen Gruß.

Der ehemalige Bürgermeister hob den Kopf und richtete sich dann ganz auf.

»Guten Tag. Wer sind Sie?«

»Steffens mein Name, ich bin der neue Kommissar in Monschau. Hier ist mein Ausweis.«

»Ja, ich habe schon von Ihnen gehört. Fragt sich nur, ob wir verwandt sind«, antwortete der Mann schroff, bevor der Kommissar die Gelegenheit hatte, seinen Assistenten vorzustellen. »Was möchten Sie von mir? Ich bin schon lange nicht mehr im Dienst, wie soll ich Ihnen also bei irgendetwas helfen können.«

»Ach, das wird sich schnell beantworten lassen«, meldete sich jetzt auch Kirchfink zu Wort. Mit Blick auf den Kommissar, wie um sich dessen Erlaubnis zu holen, fuhr er fort: »Im Venn ist eine junge Frau tot aufgefunden worden.«

»Ich weiß, sowas spricht sich schnell hier rum«, knurrte der ehemalige Bürgermeister.

»Kannten Sie das Opfer?«, fuhr der Kommissar jetzt fort.

»War doch die Frau vom Kollmann. Die kannte doch fast jeder.«

»Ja«, begann der Kommissar, »das war die Frau Kollmann, aber vielleicht kannten Sie die ja auch von woanders her etwas näher.«

»Um nicht zu sagen sehr nah!«, ergänzte Kirchfink.

Der ehemalige Bürgermeister zögerte einen Moment zu lange, das war beiden Ermittlern aufgefallen.

»Bevor wir hier weiter um den heißen Brei herumreden, Sie hatten Sex mit Nina Kollmann«, konfrontierte Steffens seinen Namensvetter.

»Das ist eine ungeheuerliche Behauptung! Sie verlassen sofort mein Grundstück!«, schnauzte der andere Steffens und zeigte mit Nachdruck zur Straße hin.

»Können wir machen, aber nicht ohne Sie mitzunehmen. Überlegen Sie sich also gut, ob wir jetzt hier in Ihrem wirklich schönen Garten zur Sache kommen sollen, oder ob Ihnen das nüchterne Kommissariat lieber ist«, zeigte Kirchfink die beiden Möglichkeiten auf und griff gleichzeitig in die Innentasche seines Jacketts, um die Ausdrucke der Bilder von Julias Handy hervorzuholen. Ohne einen weiteren Kommentar legte er einige Fotos auf den runden Gartentisch. Dabei beobachteten die beiden Ermittler die Reaktion des ehemaligen Bürgermeisters genau.

»Ich gebe ja zu, Nina gekannt zu haben.« Kleinlaut bemühte der sich um Schadenbegrenzung. »Wir waren uns nähergekommen.«

»Offensichtlich ziemlich nah«, bedrängte der Kommissar ungeduldig das vermeintliche Unschuldslamm. »Und kommen Sie jetzt nicht damit, dass diese Bilder nichts beweisen. Ihre DNA wurde am Opfer sichergestellt. Sie wissen sicher selber gut genug, wann und warum Ihre Daten polizeilich erfasst worden sind. Wurde Ihnen nicht schon einmal der nahe Kontakt zu Frauen zum Verhängnis?«

Der ehemalige Bürgermeister wurde schwach und ließ sich auf einen der Stühle vor dem Gartentisch gleiten. Dabei konnte er den Blick nicht von den Fotos lassen, die ihn in eindeutiger Pose zeigten.

»Okay, das reicht uns als Zustimmung«, übernahm jetzt der Kommissar wieder das Wort. »Sie geben also zu, diese Hütte im Wald zu kennen und auch die Partys mitgemacht zu haben. Bleibt die Frage zu klären, ob Sie auch in der Mordnacht dort waren.«

»Ja, aber nur kurz«, knickte der andere Steffens ein.

»Das ist immer relativ«, versuchte Kirchfink die Aussage einzuordnen. »Werden Sie bitte konkreter, und denken sie scharf nach: War dieser Mann auch da?« Dabei legte er ein weiteres Bild auf den Tisch.

Im Gesicht des ehemaligen Bürgermeisters konnten die beiden Ermittler genau ablesen, wie sehr er um Fassung rang: »Der Typ hat mich derbe angemacht. Und ich weiß wirklich nicht warum. Stress mit solchen Kalibern hat mich meinen Job gekostet. Ich will mit solchen Kanten nichts mehr zu tun haben.« Seine Stimme wurde mit jedem Wort lauter und schneidender.

»Sie haben sich also gestritten?«, fragte der Kommissar.

»Wie oft soll ich das denn noch sagen, der hat mich blöde angemacht.«

»Bevor Sie uns sagen, worum der Streit ging, nennen Sie uns doch mal seinen Namen«, forderte Kirchfink den ehemaligen Bürgermeister auf.

Beide Steffens schauten sich auffordernd an, der Kommissar, weil er schon lange wusste, dass es für diesen Mann keinen Namen gab, und der andere Steffens, weil der tatsächlich nicht wusste, wie sein Kontrahent hieß.

»Sie nannten ihn alle ›den Kölner‹«, erklärte der ehemalige Bürgermeister. »Er hat einen Streit angefangen, von dem ich nicht weiß, was das sollte.«

»Also geben Sie zu, Nina Kollmann gekannt zu haben, aber der sogenannte Kölner war ihnen bis dato unbekannt gewesen«, fasste Kirchfink zusammen.

Schon wieder zögerte der ehemalige Bürgermeister einen kleinen Moment zu lange, aber die beiden Ermittler ließen es darauf beruhen.

»Ich lasse Ihnen meine Karte hier. Rufen Sie mich an, wenn Ihnen noch etwas einfällt.« Der Kommissar überreichte dem sichtlich nervösen Mann seine Visitenkarte.

Erst als die beiden Männer im Auto saßen und sich einig waren, außer Hörweite zu sein, fragte Kirchfink: »Chef, glauben Sie dem Kerl?«

»Nein, tue ich nicht. Da ist etwas ganz gehörig faul, nur weiß ich noch nicht, was es ist. Mein Namensvetter hat Dreck am Stecken, und das nicht zu knapp. Ob er allerdings für den Mord an Nina Kollmann verantwortlich ist ...« Steffens machte eine Pause, »... ich, ich bin mir nicht sicher.«

»Und ich frage mich, wo Julia Kosslik gerade ist«, bemerkte Kirchfink völlig aus dem Zusammenhang gegriffen.

»Wie, was meinen Sie da?«, stotterte Steffens.

»Es geht das Gerücht, Julia sei vorgestern Nacht bei Ihnen gewesen.«

Steffens schluckte. »Für wen halten Sie mich? Sie sehen doch, wie mein Gesicht aussieht, sie können erahnen, dass ich einen Scheißabend erlebt habe, wie bitte passt da noch Damenbesuch rein? Und wenn doch, dann wäre das privat und ginge niemanden etwas an.«

»Ich mein ja nur, ich war nicht dabei, aber irgendjemand hat wohl beobachtet, dass die Frau auf Ihrer Treppe gehockt hat und dann mit Ihnen in Ihre Wohnung gegangen ist. In Monschau ist man selten unbeobachtet.«

»Kirchfink, ist das hier ein Verhör?«, fragte Steffens seinen Assistenten irritiert.

»Nein, eher die Frage danach, ob es noch wichtig ist, Julia Kosslik unbedingt telefonisch erreichen zu müssen«

»Jetzt mehr denn je!«, antwortete der Kommissar schroff. Er wurde unsicher. Das machte ihn wütend. Es hatte also tatsächlich jemand beobachtet, dass Julia bei ihm gewesen war. Was dann zwischen den Beiden gelaufen war, wussten nur er und Julia. Aber wer hatte jetzt Angst, dass Julia etwas ausgeplaudert haben könnte, was für denjenigen gefährlich werden konnte? Der Kommissar war in großer Sorge um diese junge Frau und die anderen.

»Kirchfink, lassen Sie mich hier raus und fahren Sie alleine zum Präsidium. Ich muss nachdenken! Und ja: Versuchen Sie unbedingt weiterhin Julia Kosslik zu erreichen. Ich will sie in meinem Büro sehen. Sollten Sie sich daran erinnern, wer die junge Frau auf meiner Treppe beobachtet hat, lassen Sie es mich wissen.« Der Kommissar war offensichtlich stinksauer und redete sich in Rage.

Steffens stieg aus dem Streifenwagen aus und knallte die Tür absichtlich zu laut ins Schloss. Die kleine Druckwelle im Inneren des Autos übertrug sich auf Kirchfink. Der wackelte kurz und schaute ziemlich überrascht seinem wütenden Chef hinterher. Steffens wiederum eilte mit harten Schritten zu seinem alten Audi.

Was dachte der sich eigentlich? War der Kommissar wirklich so weit gegangen, eine in den Fall eingebundene Frau in sein Bett zu holen? Aber vielleicht hatten sich die Beiden ja auch wirklich nur auf der Couch unterhalten. Warum in aller Herrgotts Namen musste er, Kirchfink, dann versuchen, diese Julia weiterhin telefonisch zu erreichen? War Steffens jetzt total durchgeknallt? Kirchfink fiel es schwer, loyal zu bleiben.

KAPITEL VIERUNDZWANZIG

Steffens saß mit weit von sich gestreckten Beinen auf seiner Philosophenbank auf dem Steling. Die locker entspannten Füße in den Boots bildeten mit den auf dem Untergrund lagernden Fersen ein V, der Schultergürtel berührte die Rückenlehne, seinen Kopf hätte der Kommissar auch gerne angelehnt, aber dafür gab es keine Stütze. Wie immer blitzte ein weißes T-Shirt unter der lässig geöffneten Lederjacke hervor, das mal wieder teilweise den Weg aus dem Hosenbund nach draußen gefunden hatte. Die milden Temperaturen waren auch heute ungewöhnlich für einen Abend im Spätsommer.

»Bin ich eigentlich bekloppt?«, dachte er. »Wie konnte ich denn so verrückt sein und mich auf Julia einlassen. Verdammter Mist, die ist mit dem ganzen Fall verbandelt und durch meine Unachtsamkeit noch gefährdeter, als ohnehin schon. Meine Fresse, bin ich blöd. Und dabei habe ich doch fast den ganzen Abend an Christina gedacht. Das ist ja wohl die schofeligste Art, fremd zu gehen. Aber verdammt nochmal. Christina ist weg, Julia hier, und sie ist eine tolle Frau. Ich bin doch nicht im Kloster«, versuchte er, sich vor sich selbst zu rechtfertigen.

Kreuzunglücklich versuchte Steffens einen klaren Gedanken zu fassen und innere Ruhe zu finden. Er vermochte sich kaum auf den Ausblick, den der Steling nun mal bietet, zu konzentrieren. So sehr war er mit sich und seiner Dummheit beschäftigt.

Der Kommissar rang um innere Fassung. Schier unerträglich nagte die Erkenntnis an ihm, dass dieses

Missgeschick ein weiteres Kapitalverbrechen zur Folge haben könnte.

Er fingerte nach seinem Handy und daddelte unschlüssig darauf herum. Er versuchte Christina anzurufen. Aber wie erwartet meldete sie sich nicht. Und Steffens wäre nicht Steffens, wenn er jetzt nicht auch versuchen würde, Julia zu kontaktieren. »*Hier ist die Mailbox von Julia Kosslik. Sprecht nach dem Piep.*« Steffens sprach nicht, sondern packte das Telefon resigniert wieder ein.

Ihn plagte nicht nur ein schlechtes Gewissen, er hatte auch diese nackte, unerträgliche Angst um Julia und die anderen Frauen, die in der Jagdhütte vielleicht viel mehr gehört hatten, als dem Mörder von Nina lieb gewesen war.

»Verdammte Scheiße, was war da alles los gewesen?«

Endlich fasste er einen Entschluss, als ihm klar wurde, wie er vorgehen würde. Steffens tätigte einen weiteren Anruf in Köln und wählte dann die Nummer seines Assistenten.

»Kirchfink, holen Sie mich am Steling ab. Nochmal fahre ich nicht alleine nach Köln. Kommen Sie und begleiten Sie mich!«

»Okay, Chef, ich bin in zwanzig Minuten bei Ihnen am Steling.« Jegliche Zweifel am Verhalten des Kommissars waren wie weggeblasen.

»Danke, bis gleich.« Steffens Stimme klang langsam wieder selbstsicherer.

KAPITEL FÜNFUNDZWANZIG

Auf der Fahrt nach Köln schwiegen die beiden Männer. An der ersten Ampel hinter Mützenich blickte Kirchfink verstohlen zu seinem Chef, der sich auf dem Beifahrersitz langgemacht hatte. Sein Gesicht war immer noch leicht angeschwollen und ein hässliches Hämatom zog sich von der Augenbraue über die gesamte Gesichtshälfte bis zum Kinn. Ob der Kommissar wirklich schlief, oder einfach nur nicht gestört werden wollte, konnte er nicht feststellen.

Steffens bemerkte den taxierenden Blick seines Assistenten, hielt sich aber weiterhin ruhig und ging vor seinem geistigen Auge alle Möglichkeiten durch, mit denen er in Köln rechnen konnte.

Das Navi lotste die Ermittler ans Rheinufer in der Nähe der Altstadt. Zwar gab es baustellenbedingt einige Straßensperrungen und spontan eingerichtete Einbahnstraßen, aber schließlich war Steffens wieder so weit, Kirchfink durch dieses Gewirr zu leiten, bis sie einen Parkplatz in der Nähe ihres Zielortes gefunden hatten.

»Kirchfink, ich gebe Ihnen einen gutgemeinten Rat! Wenn Sie wirklich mit allen Zähnen und nicht polierter Fresse wieder nach Hause kommen wollen, seien Sie einfach ruhig und lassen mich das Verhör führen!« Dabei zeigten seine Fingerspitzen auf genau das Hämatom, das Kirchfink eben noch gemustert hatte.

Sie gingen wieder schweigend nebeneinander her. Steffens Blick schweifte über die Häuserfassaden, Kirchfink musterte die parkenden Autos am Straßenrand. Plötzlich blieb er pfeifend stehen. »Chef, schauen Sie sich das mal an!«, rief er begeistert. »Eine Charleston-Ente! Genau das Modell wollte ich immer haben, aber der schwache Motor ist nichts für die hügelige Eifel.«

Kirchfink konnte seiner Begeisterung nicht genug Ausdruck verleihen, während Steffens wie elektrisiert auf das wunderschöne, weinrot schwarz lackierte Sondermodell, das jetzt schon zum Oldtimer geworden war, starrte. Die Buchstaben des Nummernschildes: K-CS verrieten ihm, dass es sich tatsächlich um das Auto handelte, das er seiner Christina zum runden Geburtstag geschenkt hatte. Mein Gott, hatte er dafür gespart! Der Schmerz saß tief wie ein Schnitt und traf ihn völlig unvorbereitet. Steffens hatte eben doch nicht alle Eventualitäten, die in Köln auf ihn warteten, durchdacht.

Was machte ihr Auto hier im Rotlichtmilieu, so nah beim Kölner. Heilige Scheiße, sie etwa auch? Steffens Gedanken überschlugen sich. Zu gut erinnerte er sich noch an die Abende, an denen er Christina wie zur Tarnung mitgenommen hatte, damit nicht jeder sofort eine Ermittlung vermuten konnte. Ein heißer Schauer durchfuhr seinen Körper. War sie etwa ebenfalls zur Gespielin vom Kölner geworden? Seit wann stand sie auf Brutalität? Wieso hatte er das nicht mitbekommen? Und noch schlimmer: War sie auch eine von den Frauen in der Jagdhütte gewesen und dadurch auch ein eventuelles Opfer? Steffens war geradezu verzweifelt.

Immer noch in Gedanken an seine verflossene Frau und deren Traumauto auf dem fragwürdigen Parkplatz, näherten sich die beiden Männer dem Nachtlokal, das Steffens heute nochmal aufsuchen wollte.

»Ist ja nicht gerade die feinste Gegend hier«, versuchte Kirchfink doch noch ein Gespräch, aber Steffens blieb still.

Vor der Eingangstür zur Bar wiederholte der Kommissar noch einmal seine Warnung in Richtung Kirchfink, aber der hatte längst verstanden.

Steffens stieß die schwere Tür auf, die Beiden mussten sich zunächst an das schummrige Licht gewöhnen. Hinter der Bar stand wie gewohnt Trixi, auf Hockern davor saßen zwei stark geschminkte, leicht bekleidete Damen. Die drei Frauen lächelten die Ermittler freundlich an.

Trixi begrüßte Steffens mit Namen. Irritiert sah Kirchfink seinen Chef an. Der erwiderte die unausgesprochene Frage, wieso er denn hier so bekannt sei, mit einer beruhigenden Mimik und zusätzlich mit der entsprechenden Geste.

Steffens sah sich in dem mit rotem Samt übervollen Raum um. In einer Nische wurde er fündig, als sein Blick auf den Kölner und seine Leibwächter fiel. Die vier Männer hatten die beiden Ermittler aus Monschau längst registriert, unterhielten sich jedoch scheinbar ungestört und angeregt weiter.

»Mach mir bitte ein Bier!«, bestellte Steffens sein Getränk bei Trixi.

»Und für mich bitte ein Alkoholfreies«, ergänzte Kirchfink. »Ich muss noch fahren«, erklärte er ungefragt.

»Du musst noch fahren?«, donnerte es aus dem Hintergrund. Der Kölner war tatsächlich aufgestanden und kam jetzt langsam auf die Beiden zu. »Dass ich nicht lache! Mal sehen, ob nachher überhaupt noch einer von euch hier aufrecht rausgeht. Was ist das überhaupt für eine Nummer? Du rufst hier vorher an und fragst, ob ich da bin, und dann bringst du so einen Schlipsträger aus der Eifel mit?« Dabei kam der Kölner gefährlich nah an Steffens heran und strich mit Daumen und Zeigefinger über das Revers von dessen Lederjacke. Der Kopf des Kommissars wich instinktiv nach hinten aus. Steffens kochte innerlich vor Wut.

Im selben Moment sorgte Trixi für Ablenkung, indem sie die fertig gezapften Biere vor die beiden Gäste auf den Tresen stellte.

»Du auch eins?«, wandte sie sich an den Kölner.

»Sischer datt! Mit Steffens trink ich am liebsten, noch lieber trinke ich allerdings ohne ihn.«

Während dieses kleinen Wortgeplänkels waren die drei riesengroßen Bodyguards aufgestanden und hatten in einiger Entfernung, aber bei Bedarf sofort einsatzfähig, Stellung bezogen.

Steffens war diese Schlinge nicht entgangen. Langsam schaute er sich um. Er wusste, sie mussten vorsichtig, besser noch, behutsam sein. Hoffentlich spielte Kirchfink so mit, wie er es sich vorstellte. Wenn sie der Wahrheit über den Mörder näherkommen wollten, dann war hier mit ziemlicher Sicherheit ein Puzzleteil zur Aufklärung zu finden. Er bedachte seinen Assistenten mit einem warnenden Blick. Der hatte verstanden.

»Also, was willste hier?«, fragte der Kölner mit einem schiefen Grinsen. Dabei ließ er wie beim letzten Mal, die Fingerknöchel einzeln knacken.

»Es geht immer noch um den Mord im Venn, und wenn ich das richtig rekapituliere, war die Mordnacht auch das bislang letzte Treffen in der Jagdhütte zwecks …«, der Kommissar rang nach Worten, um nicht provokant zu wirken, »… nennen wir es mal Entspannung.«

»Das haste aber schön jesacht.« Der Kölner tat amüsiert, aber sein lauernder Blick verriet eine andere Einstellung.

»Wir wissen, dass es Streit gab zwischen dem früheren Bürgermeister, Steffens, und dir, Kölner.«, trumpfte der Kommissar auf.

Davon unbeeindruckt gab der Kölner bereitwillig Auskunft: »Das war kein Streit. Ich musste nur mit dem Tünnes was klären. Der wollte aber irgendwie nichts begreifen, also musste ich lauter werden. Ever, ob dat wat jenützt hat, weiß ich nicht.«

»Worum ging es denn dabei?«

»Es geht immer um Geld!«, erklärte der Kölner, trank von seinem Bier und wischte sich mit dem Handrücken den Schaum von den Lippen, eher er bedächtig weitersprach: »Aber bei deinem Namensvetter, ist das eigentlich ein Onkel von dir?«, fragte der kantige Mann unvermittelt, ohne eine wirkliche Antwort zu erwarten. »Bei dem geht es immer um Unsummen. Glaubt der Kerl eijentlich, ich wäre Krösus? Der erwartet immer, dass ich in seine dubiosen Baugeschäfte einsteige, sowas mit totsicherer Rendite von schwindelerregender Höhe. Als ob so ein Eifelrambo klüger wäre als wie ich!«

Der Kölner machte eine kurze Pause und kontrollierte dabei den Sitz seiner tadellosen Garderobe »Aber letzte Woche wollte er sich 500.000 leihen. Ich habe es nicht glauben wollen. 500.000 Euro? Für was denn, habe ich ihn gefragt.«

In der Bar war es mucksmäuschenstill geworden. Kirchfink beobachtete die Szenerie mit äußerst gemischten Gefühlen, Steffens spürte, dass sie der Wahrheit immer näherkamen.

Die drei Leibwächter, oder Gorillas, wie der Kölner sie gerne nannte, standen äußerst konzentriert hinter ihrem Chef.

Selbst Trixis Blick wanderte von einem zum anderen, damit sie einen Stimmungswechsel sofort mitbekommen würde, um eventuell auf ihre Art eingreifen zu können. Vorsorglich hatte sie die beiden Damen, die eben noch auf den Barhockern herumgelungert hatten, weggeschickt.

»Was hatte der Steffens denn für eine Erklärung? Warum brauchte er so viel Geld?«, fragte der Kommissar bewusst naiv.

»Er behauptete, erpresst zu werden«, erklärte der Kölner, als sei es das Normalste der Welt.

Kirchfink pfiff durch die Zähne, erinnerte sich aber gerade noch rechtzeitig daran, den Mund zu halten. Wenn hier mal nicht ein Mordmotiv steckte!

»Erpresst von wem?«, bohrte Kommissar Steffens weiter.

»Frag ihn selbst! Bin ich Jesus? Wächst mir Gras aus der Nase?«, konterte der Kölner.

Der Kommissar hasste diese Form, ein Gespräch zu beenden, wusste aber, dass hier nichts mehr rauszuholen war.

»Vielleicht fällt es dir ja noch ein, dann melde dich bei mir. Vielleicht lasse ich dann die Anklage gegen dich wegen Körperverletzung eines Kripobeamten für immer in der Versenkung.«

»Du meinst die Sache von vor zwei Tagen?« Der Kölner wirkte amüsiert. »Ganz dünnes Eis, Steffens, ganz dünnes Eis! Das war die Antwort auf deine Schnüffelei in meiner Bar! Schon vergessen?«

Die beiden Ermittler wussten, wann es besser war zu schweigen und die Platte zu putzen. Steffens zog eine Visitenkarte aus der Innentasche seiner Lederjacke und übergab sie dem Kölner.

»Hier kannst du mich erreichen.«

»Will ich aber nicht!«, antwortete donnernd der Kölner. »Trixi, die Biere gehen aufs Haus!« Und damit verließen erst der Kölner und seine drei Schattenmänner die Bar durch die Spiegeltür und dann gingen auch Steffens und Kirchfink durch den offiziellen Ausgang nach draußen.

Auf dem Weg zum Auto kamen sie wieder an der Charleston-Ente vorbei. Auch hier griff Steffens in seine Lederjacke und klemmte eine Visitenkarte unter den Scheibenwischer. Kirchfink beobachtete das, stellte aber keine Frage. Steffens dankte es ihm stumm und machte mit dem Kopf die auffordernde Bewegung, jetzt gemeinsam zum Streifenwagen zu gehen, um den Rückweg nach Monschau anzutreten.

Es war mittlerweile dunkel geworden. Die Straßenlaternen zauberten ein gemütliches Licht in die Gassen der Altstadt, vom Rhein her hörte man die Nebelhörner der wenigen noch fahrenden Lasten- und Ausflugsschiffe. Grüne Sittiche, die sich irgendwann mal hier angesiedelt hatten, schwirrten in Schwärmen von Baum zu Baum über die Rheinauen.

Die beiden Männer hingen ihren Gedanken nach. Es wurde eine schweigsame Fahrt, bis Kirchfink plötzlich an der Autobahnausfahrt Lichtenbusch fragte: »Chef, warum haben Sie eigentlich Ihre Visitenkarte an die Charleston-Ente geklemmt?«

»Weil ich die Frau kenne, der dieses schöne Auto gehört«, erklärte Steffens und es fiel ihm leichter, als er gedacht hatte.

»Mein Gott, Chef, Sie kennen ja Typen!«, bemerkte Kirchfink voller Ehrlichkeit.

»Ja, und genau deshalb bin ich jetzt in Monschau«, resümierte der Kommissar bitter, brachte aber ein schiefes Lächeln in Richtung seines Assistenten zustande.

»Kirchfink, können Sie sich eigentlich vorstellen, wer den ehemaligen Bürgermeister erpresst haben könnte?«

»Da gibt es sicher verschiedene Möglichkeiten. Er war ja offensichtlich in dubiose Baugeschäfte verwickelt. Vielleicht ein unzufriedener Gläubiger, oder ein eifersüchtiger Partner, dem das Sexgebaren in der Jagdhütte buchstäblich auf die Eier gegangen ist«, überlegte Kirchfink laut.

»Aber in welchem Kontext steht dann der Mord an Nina Kollmann?«, fragte Steffens weiter.

»Tut er das denn? Vielleicht haben wir hier einen Mord und zusätzlich dort eine Erpressung. Müssen die denn unbedingt zusammengehören?«

»Es gibt zu viele Gemeinsamkeiten«, gab der Kommissar zu bedenken. »Bei beiden Gegebenheiten spielen Nina Kollmann, der Kölner, der ehemalige Bürgermeister Steffens und die Jagdhütte eine Rolle. Das kann doch kein Zufall sein.«

»Chef, was wäre denn, wenn der andere Steffens die Fotos von Ninas Handy längst kannte. Dann war er nicht darüber entsetzt gewesen, dass es die überhaupt gibt, sondern viel mehr darüber, dass wir die gefunden haben«, meinte der Assistent nach einer Weile.

Der Kommissar drehte sich zu Kirchfink. »Mensch, genau das ist es. Er war gebügelt, dass wir ihm die Bilder zeigen konnten, von denen er zwar schon wusste, aber die er eigentlich für unentdeckbar gehalten hat. Nicht die Darstellungen, sondern unser Wissen davon hat ihn umgehauen.«

»Das wiederum könnte bedeuten, dass diese Bilder Erpressungspotential besaßen.«

»Dann wäre Nina Kollmann eventuell die Erpresserin. Brauchte die nicht jede Menge Geld, um sich endlich von dem ungeliebten Ehemann zu trennen?«

Kirchfink wurde aufgeregt: »Haben wir jetzt endlich ein Motiv?«

»Zumindest ein mögliches«, antwortete der Kommissar.

Kirchfink bog ab in Richtung Mützenich, damit Steffens in sein Auto umsteigen konnte, das er vor der Fahrt nach Köln dort stehen gelassen hatte.

»Gute Nacht, Kirchfink. Wir sehen uns morgen im Präsidium, dann geht es hoffentlich weiter. Endlich haben wir einen Hauch von einer Spur, oder zumindest einen brauchbaren Anhaltspunkt.«

Der Kommissar stieg aus und klopfte zur Verabschiedung mit der flachen Hand von außen auf das Autodach.

KAPITEL SECHSUNDZWANZIG

Steffens war viel zu aufgekratzt, um nach Hause zu fahren. Er drehte den Zündschlüssel und fuhr los, an Monschau vorbei zu dem alten Fachwerkhaus seines Namensvetters. Kurz bevor er dessen Anwesen erreichte, schaltete er die Autolampen aus und ließ den Wagen leise so vor die Hecke rollen, dass er einen einigermaßen guten Blick auf den Garten hatte. Er wusste von seinem vorangegangenen Besuch noch, dass er nicht das ganze Grundstück einsehen konnte, dachte sich aber, besser so als nichts.

Es dauerte tatsächlich nicht lange, als er plötzlich eine Gestalt wahrnahm, die mit einem Korb durch die Eingangstür kam und dem kleinen Kiesweg hinter das Haus folgte.

»Scheiße, jetzt kann ich nichts mehr sehen, es sei denn, ich steige aus.« Der Kommissar zögerte nicht und verließ leise das Auto. Die Wagentüre ließ er angelehnt. Seine Dienstwaffe, die er vorsorglich mit nach Köln genommen hatte, war sicher im Holster auf dem Rücken unter der Lederjacke platziert.

Steffens vermied es, den Kies zu betreten, um so leise wie möglich hinter das Haus zu gelangen. Seine Augen gewöhnten sich ziemlich schnell an die Dunkelheit, die er auch als Segen empfand, da sie ihm Tarnung verschaffte. Geduckt hinter den großzügigen Rhododendronbüschen, konnte er den Mann ausmachen, den er eindeutig als den anderen Steffens erkannt hatte, und der jetzt zielstrebig in Richtung Hecke an der Grundstücksgrenze ging. Ungläubig verfolgte er mit den Augen jede Bewegung des ehemaligen Bürgermeisters. Brachte der zu dieser nächtlichen Stunde noch Küchenabfälle zum Komposthaufen, oder was trug er in dem Korb?

»Scheiß Allergie!«, fluchte der Kommissar und versuchte krampfhaft, ein Niesen zu unterdrücken, indem er die Nase fest in die Armbeuge presste. Mit Erfolg, nur hatte er dadurch verpasst, wohin der andere Steffens gegangen war.

»Das kann doch nicht wahr sein!«, fluchte er. »Der Kerl ist ja wie vom Erdboden verschluckt.«

Plötzlich ging scheinbar mitten in der hohen Hecke ein Licht an. Es schimmerte schwach durch die Blätter, war aber eindeutig zu sehen. Wenn es hier in dieser Ecke des Gartens nicht so finster gewesen wäre, hätte der Kommissar es wahrscheinlich gar nicht bemerkt, so schwach war die Lichtquelle. Aber sein Ermittlerinstinkt war geweckt. Was verbarg der andere Steffens?

Vorsichtig schlich er im Schatten der Bäume bis zu der Stelle, an der der Kommissar den Schein besser sehen konnte und lugte durch die Hecke. Viel war nicht zu erkennen, aber Steffens konnte auch kein Geräusch hören. »Was macht der da?«, fragte er sich. »Wirklich, wie vom Erdboden verschluckt. Das gibt's doch nicht!«

Steffens erinnerte sich an die Besichtigung der alten Felsquellbrauerei in Monschau. Gab es dort nicht einen Eiskeller, in dem früher während der kalten Winter die Eisblöcke aus der Rur gelagert worden waren, weil es eben damals noch keine Kühlschränke gegeben hatte? Das Eis brauchte lange, ehe es geschmolzen war und diente so zur Kühlung. Wie haben in den Zeiten denn die Eifler Bauern ihre Vorräte gekühlt? Auch in unterirdischen Gewölben, Gruben oder Ähnlichem? Gab es hier ein Eishaus oder verbarg sich hinter der Hecke ein ausgedientes Stallgebäude, ein Backhaus, Plumpsklo oder Geräteschuppen?

Irgendetwas hielt ihn davon zurück, in die Hecke hineinzukriechen, um diese prekäre Situation zu verstehen. Aber so einfach weggehen, wollte er auch nicht.

Der Kommissar verharrte auf seinem Beobachtungsposten und wartete ab. Um nur Kompost wegzubringen, war der ehemalige Bürgermeister jedenfalls schon viel zu lang in dem vermeintlichen Versteck.

Plötzlich registrierte er Bewegungen. Das Licht erlosch. Ein leises Knarzen, wie von einer Tür, die geschlossen oder geöffnet wurde, war zu hören.

Der Kommissar spürte mehr, als dass er es erkennen konnte, wie der andere Steffens sich in unmittelbarer Nähe durch die dichte Hecke zwängte. Steffens hielt die Luft an, er befürchtete, dass ihn jede noch so kleine Regung verraten könnte. Im selben Augenblick jedoch und völlig unvorbereitet spürte er einen Luftzug, sah einen Schatten auf sich zukommen, fühlte einen stechenden Schmerz an der noch nicht verheilten Stirnwunde und ging zu Boden.

Er blieb ganz ruhig liegen, um dem anderen Steffens eine vermeintliche Ohnmacht vorzugaukeln. So einfach würde der ihn ja wohl nicht hier liegen lassen. Er spürte, dass erneut Blut über sein Gesicht rann, bemerkte den unverkennbaren Eisengeschmack und machte sich lächerlicherweise lediglich Sorgen um seine schöne Lederjacke.

Und so wartete er auf eine erneute Attacke. Jeder noch so kleine Muskel war angespannt und auch seine Nerven waren in Alarmbereitschaft. Der ganze Körper war darauf vorbereitet, sofort reagieren zu können. Nicht umsonst wurden die Beamten des LKA in Köln auf solche Situationen gedrillt. Und er war nun mal einer von denen gewesen.

Auch sein Gehör fokussierte sich auf die möglichen, folgenden Ereignisse. Aber nichts geschah. Stattdessen konnte er hören, wie sich die Schritte des anderen Steffens langsam über den Kiesweg in Richtung Haus entfernten.

Der Kommissar robbte vorsichtig bis unter die Hecke, in der Hoffnung, sich hier besser verstecken zu können. Als er gerade noch rechtzeitig die andere Seite der Pflanzenreihe erreicht hatte, flammte Flutlicht auf. Der ehemalige Bürgermeister hatte tatsächlich so eine Art Panikbeleuchtung rund um sein Haus anbringen lassen. Die dazugehörenden Scheinwerfer hatte er, Kraft seines ehemaligen Amtes, aus dem Reservebestand eines benachbarten Fußballklubs abgestaubt.

Steffens profitierte von dem Licht, denn er erkannte jetzt tatsächlich ein altes Plumpsklo, hinter dem er sich verstecken konnte. Das in die Eingangstür dieses Kabinetts eingesägte Herz ließ zu seinem Erstaunen einen schwachen Lichtschein nach draußen scheinen.

»Benutzt der ehemalige Bürgermeister das hier etwa noch so, wie es mal ursprünglich gedacht war?« Steffens hatte keine Zeit, darüber nachzudenken, denn er hörte den anderen Steffens wieder über den Kiesweg herankommen.

Der Kommissar stellte sich leicht wankend auf die Beine und lief dann geduckt über die Wiese, die sich hinter dem Grundstück eröffnete. Eine beeindruckende Eiche, die ihrer Größe nach zu urteilen schon viele Jahrzehnte in der Mitte der Wiese stehen musste, war das einzige Versteck, das sich ihm bot, und er hoffte, den Baum zu erreichen, bevor der andere Steffens ihn entdecken konnte.

Von hier hatte er einen guten Blick auf das alte Plumpsklo und auch auf das eingefriedete Grundstück des ehemaligen Bürgermeisters. Das Flutlicht erreichte ihn nicht, aber eine gute Taschenlampe eventuell schon.

Der Kommissar lag bäuchlings auf dem Boden und rieb sich sein Gesicht mit Dreck ein. Dabei ging er sehr behutsam vor, zum einen, um sich nicht durch das Rascheln des Laubs, das unter dem Baum in Massen herumlag, zu verraten, zum anderen, wegen der erneut aufgeschlagenen Wunde an der Stirn.

In diesem Moment dachte er an sein weißes T-Shirt. Auch das musste er schmutzig machen. Auf keinen Fall durfte ein eventueller Lichtstrahl reflektiert werden.

Der andere Steffens war wieder durch die Lücke in der Hecke gekrochen und hatte die Gegenseite seines Grundstückes erreicht. Hier stocherte er mit einem stabilen Stock auf dem Boden unter der Hecke nach dem Eindringling, dem er eben noch mit der Handkante eine übergezogen hatte. Er fand ihn aber nicht. Seine Bewegungen wurden fahriger.

Der Kommissar beobachtete ihn dabei genau. Erschrocken bemerkte er die Flinte, die der andere Steffens über der Schulter trug. War das womöglich die Mordwaffe?

Das aggressive Potential des ehemaligen Bürgermeisters war unverkennbar. Vorne stocherte er ungeduldig mit dem Stock unter den Pflanzen herum, über der Schulter hing das Schießeisen. Nicht auszudenken, was passieren könnte, wenn er den Kommissar erwischen würde. Hoffentlich gab er bald auf!

Aber was dann? Der Ermittler war sich darüber im Klaren, dass er heute sein Auto nicht mehr erreichen konnte. Das Flutlicht schnitt ihm den Weg über das Grundstück ab. Die Gegend hinter der riesigen Wiese war ihm völlig unbekannt. Wohin sollte er sich wenden?

In der Ferne hörte er stetiges Hundegebell. Es war keine schöne Vorstellung, dem alten Bürgermeister zwar zu entkommen, um dann stattdessen einer solchen Bestie entgegen zu laufen.

»Scheiße, ich sitze in der Falle und muss mich entscheiden zwischen Pest und Cholera. Und die Antwort auf das Geheimnis im Plumpsklo habe ich auch noch nicht. Mir kann doch keiner erzählen, dass der alte Bürgermeister kein angemessenes Bad der heutigen Zivilisation in seinem Haus hat.« Angestrengt beobachtete Steffens seinen Namensvetter, während sich seine Gedanken geradezu verselbstständigten.

Plötzlich flammte eine weitreichende, starke Taschenlampe auf. Ihr Lichtkegel tanzte über die Wiese und erreichte auch den Kommissar. Der hatte sich gerade noch rechtzeitig völlig flach auf den Boden kauern können. Jetzt bewährte es sich, dass er mit dem Dreck und der Erde eins geworden war. Das Licht huschte zwar über ihn hinweg, enttarnte ihn aber nicht.

Steffens Nase steckte zwischen Blättern und Erde. Sie nahm mit jedem seiner flachen Atemzüge auch winzige Teile des herumliegenden Zeugs auf. Dennoch wagte der Kommissar es nicht, sich zu bewegen oder noch schlimmer: den Kopf zu heben.

KAPITEL SIEBENUNDZWANZIG

Wie lange er geschlafen hatte, vermochte Steffens nicht mehr zu sagen. Völlig steif und kalt kam er langsam zu sich, als er etwas Warmes, Weiches gepaart mit leichten Luftzügen an seinem Nacken spürte. Er fühlte einen rauen Waschlappen, der sanft und regelmäßig zunächst über den hinteren Hals fuhr und dann auch geradezu fordernd die eine Gesichtshälfte bearbeitete. Regungslos blieb der Kommissar liegen. Er war sich sicher, noch immer im Dreck unter der Eiche zu liegen, aber woher kam dann diese vorsichtige Behandlung?

»Nu loss den Penner do lieje, Susi, dat is keen Kälbcher!«, hörte Steffens eine noch jung klingende Männerstimme.

»Oh Gott, nicht schon wieder Kühe!«, schoss es dem Kommissar durch den Kopf. »Aber immer noch besser als Gewehrkugeln.« Steffens witterte seine Chance und drehte sich vorsichtig um. Sofort ließ die dicke Susi von ihm ab.

Vor Steffens hatte sich ein offensichtlicher Jungbauer aufgebaut, der fast mitleidig auf ihn herabblickte.

»Mann oh Mann, das sieht nicht gerade gut aus«, verfiel er in perfektes Hochdeutsch. »Sind Sie vom Baum gefallen?«

Statt einer Antwort musterte Steffens zunächst den Bauern, dann die Kuh, die Gegend und schließlich taxierte er auch den Abstand zum Haus des alten Bürgermeisters. Gleichzeitig war er erstaunt, dass es noch dämmrig war, der Jungbauer aber schon so früh am Tag das Vieh auf der Weide versorgte.

»Guten Morgen! Haben Sie einen Traktor dabei?«

»Also in der Hosentasche nicht, aber da hinten auf dem Wirtschaftsweg«, zeigte der Fremde in die Richtung, die sich zum Glück weiter entfernt vom Haus des anderen Steffens befand.

»Mein Name ist Steffens, ich bin Kripobeamter in Monschau. Bitte bringen Sie mich in die Stadt!«

»Warum gehen Sie denn nicht zu Ihrem Onkel, Vater, Opa, Cousin oder sonst was. Der wohnt doch da.« Der Bauer zeigt zu dem Haus hinter ihnen.

»Ich bin nicht mit dem verwandt«, erklärte der Kommissar zum gefühlt hundertsten Mal und mittlerweile auch genervt.

»Schwein gehabt, der ist nämlich ein Arschloch«, wurde Steffens aufgeklärt. »Ich heiße übrigens Sauer. Johannes Sauer, um genau zu sein. Sie haben Glück, dass ich Sie gefunden habe und nicht mein Vadder. Der alte Herr mag nämlich keinen Besuch auf seinen heiligen Wiesen. Die Dorfkinder trampeln das Gras platt, dann kann man kein Heu mehr daraus machen und die Hunde scheißen drauf. Wenn trächtige Kühe das dann fressen, kann es zu Fehlgeburten kommen – für Milchbauern ein echter Verlust!«

»Gut, ich habe keinen Hund, die Gefahr besteht also nicht. Fahren Sie mich jetzt nach Monschau?« Und um seiner Bitte Nachdruck zu verleihen, zückte Steffens seinen Dienstausweis.

»Na klar, davon träumt doch jeder, einen echten Kommissar aus dem Dreck zu ziehen und mit dem Trecker irgendwohin zu fahren. Meinen Sie nicht, Sie sollten sich vorher im Simmerather Krankenhaus eine Tetanusspritze und einen sauberen Verband abholen?«, fragte Johannes Sauer und musterte die Stirnwunde.

»Keine Zeit«, antwortete der Kommissar knapp. »Später vielleicht.«

Johannes Sauer und Steffens gingen zügig an einer ganzen Herde ruhig grasender Kühe vorbei zum Traktor. Einmal schaute Steffens hinter sich, aber das Haus vom Namensvetter ließ nicht erkennen, ob der andere Steffens schon wach oder sogar aufgestanden war. Ob im Plumpsklo immer noch Licht brannte, konnte Steffens aus dieser Entfernung nicht erkennen.

In Monschau angekommen, stieg der Kommissar vom Bock und verabschiedete sich von Johannes Sauer.

»Wollen Sie nicht doch noch schnell zu irgendeinem Arzt?«, fragte der Bauer.

»Nein, jedenfalls nicht jetzt. Aber eine Bitte habe ich noch: Beim nächsten Frühschoppen in der Kneipe haben Sie diese heutige Geschichte vergessen! Es laufen Ermittlungen, die durch Gerede echt gefährdet sein könnten!«

»Alles klar, Herr Kommissar. Viel Glück!« Der Jungbauer tippte grinsend mit dem Finger an seine Mütze.

»Erfahr ich denn vom Ergebnis?«

»Bestimmt! Spätestens aus der Presse.« Steffens nickte dem jungen Mann zu. Er fand ihn sympathisch und war froh, der misslichen Lage mit seiner Hilfe entkommen zu sein. Ein Gedanke durchzuckte ihn: »Scheiße, mein Auto! Das steht ja noch immer vor dem Haus vom anderen Steffens.« Er wollte Johannes Sauer zurückwinken, aber der hatte seinen riesigen, zwillingsbereiften Traktor schon gewendet und konnte den Kommissar nicht mehr hören.

KAPITEL ACHTUNDZWANZIG

»Kirchfink, ich habe ein Problem!«

Sein Assistent war vom Handy geweckt worden und glaubte, nicht richtig zu hören.

»Chef, Sie wecken mich um halb sechs morgens, um mir von Ihren Problemen zu erzählen? Hat das nicht Zeit bis nachher? Oder sind wir auf Sendung bei Apollo dreizehn?«

»Nein, alles falsch! Bitte springen Sie sofort in Ihre Klamotten, die Farbe der Krawatte ist mir heute völlig egal, bringen Sie von irgendwo Brötchen mit und kommen Sie so schnell wie möglich in meine Wohnung. Ich lasse die Türen angelehnt, wahrscheinlich stehe ich noch unter der Dusche. Ach ja, haben Sie noch frisches Verbandszeug und eventuell auch Wunddesinfektionsmittel? Von mir aus auch aus dem Erste Hilfe-Koffer des Streifenwagens. Scheißegal, Hauptsache, Sie beeilen sich!«

Dieser Ton ließ keine Frage zu, Kirchfink war alarmiert und befolgte die Anweisungen, ohne zu zögern. Nur das mit den Brötchen wurde schwierig. Die Bäckereien arbeiteten zwar um diese Zeit schon auf Hochtouren, aber die Läden dazu waren noch nicht geöffnet. Zum Glück kannte er Jupp Pauls. Der alte Kumpel seines Vaters war noch immer im Dienst, er leitete eine kleine Backstube etwas außerhalb der Stadt. Per Handy orderte er seine Bestellung, die dann wirklich noch warm draußen auf der Fensterbank lag.

»Ich revanchier' mich bei Gelegenheit!«, rief Kirchfink durch das gekippte Fenster in die Backstube.

»Is jot, Jong. Ne schönne Tach noch und jrüß der Papp!«, antwortete Jupp Pauls und widmete sich mit mehligen Händen wieder seiner Arbeit.

Keine zwanzig Minuten später drückte der Assistent erst die Haus- und dann die Wohnungstür auf, die Steffens wirklich nur angelehnt gelassen hatte. In der Diele fiel sein Blick auf blutige und völlig verdreckte Kleidungsstücke, die achtlos vor der Türe lagen. »Oha!«, kommentierte er den Fund.

Gerade als Kirchfink im Wohnzimmer stand, kam der Kommissar, ein Handtuch um die Lenden gewickelt, aus dem Bad.

»Sie sehen ja furchtbar aus!« Kirchfink konnte sein Entsetzen über Steffens entstelltes Gesicht kaum im Zaum halten. »Wir waren doch gemeinsam aus Köln zurückgekommen, was ist denn dann passiert?«

»Eine echte Scheiße, kann ich Ihnen sagen. Helfen Sie mir mal, die Wunde an der Stirn zu versorgen und dann essen wir schnell die Brötchen. Die duften ja herrlich. Während ich mich anziehe, werfen Sie die Kaffeemaschine an, Besteck und Geschirr finden Sie hier unten und vergessen Sie nicht, dann auch Basti Schreiber und Paul Kreitz zu informieren. Die müssen heute früher ins Präsidium kommen, den Rest erklär ich Ihnen gleich.«

Kirchfink gab sich große Mühe, die Wunde zu verarzten, fast schon eine Überforderung für den Assistenten, denn er konnte ja nun mal kein Blut sehen.

»Kommen Sie, Kirchfink, Sie schaffen das!«, machte Steffens ihm Mut. »Ich habe keine Zeit zum Arzt zu gehen, wir müssen gleich mit großem Aufgebot zum alten Bürgermeister, da ist etwas ganz besonders faul.«

Schon um kurz nach sieben Uhr trafen sich die vier Polizisten im Präsidium. Steffens beschrieb, ohne ausschweifend zu werden, die Ereignisse der letzten Nacht.

»Ein Plumpsklo?«, fragte Basti Schreiber ungläubig. »Ist ja abgefahren!«

»Ja tatsächlich, damit stimmt irgendwas gar nicht«, nickte Steffens.
»Okay, und wie kommen wir da rein? Einen Durchsuchungsbefehl bekommen wir ja wohl nicht so schnell!«, meldete sich Paul Kreitz.
»Das ist der Klassiker, nicht wahr?«, bestätigte der Kommissar. »Aber darauf können wir nicht warten. Vielleicht reagieren die ja auf meine Mail und schicken mir das Ding aufs Handy. Ich habe aber dennoch folgenden Plan: Ihr kennt doch sicher den Bauernhof vom Johannes Sauer, oder besser von seinem Vater. Eine seiner Kuhweiden grenzt an das Grundstück vom anderen Steffens. Hier setzen wir an, denn von dort kommen wir an die Bude, ohne, dass der alte Bürgermeister unsere Aktion von seinem Haus aus mitbekommt. Ich muss wissen, ob etwas und wenn, was darin versteckt wird.«
»Na ja, verstanden, aber warum dann wir alle?«
»Basti Schreiber und Paul Kreitz müssen den Alten ablenken. Mein Auto steht höchstwahrscheinlich noch vor dem Haus auf der Straße. Um keinen Lärm zu machen, hatte ich die Wagentür aufgelassen. Hier ist mein Schlüssel.« Steffens warf ihn Basti Schreiber zu. »Ihr klingelt bei dem anderen Steffens und fragt nach mir, weil ja mein Auto davorsteht. Lenkt ihn ab, verwickelt ihn in ein Gespräch, aber seid verdammt vorsichtig, der Kerl ist brutal!«
»Sieht man«, meinte Paul Kreitz trocken.
»Währenddessen schleichen Kirchfink und ich uns über die Kuhweide zum besagten Örtchen und kontrollieren mal, ob es wirklich so still ist, wie man vermuten sollte. Wir nehmen den Wirtschaftsweg und dann die Weide. Wenn unsere Mission beendet ist, kommen wir nach vorne zum Hauseingang. Solltet ihr vorher mit dem Auto wegfahren müssen, hupt mehrmals laut, das ist die Warnung für uns, auf keinen Fall zum Hauseingang zu kommen. Je nachdem, was wir vorfinden,

verschwinden wir dann wieder über die Weide, oder wir rufen über Handy Verstärkung.«

»Klingt filmreif.«, war der trockene Kommentar von Paul Kreitz. »Aber was vermuten Sie in dem stillen Örtchen?«

Steffens zögerte mit der Antwort, gab sich dann aber einen Ruck: »Ganz ehrlich? Und wenn ihr mich jetzt alle für durchgeknallt haltet, im schlimmsten Fall wird da Julia Kosslik festgehalten.«

Ungläubig starrten die Männer ihren Chef an. Basti Schreiber fing sich als erster. »Worauf warten wir dann noch?«

Eilig kramten die vier nach ihren Jacken und spurteten zum Streifenwagen.

»Sind die Aufgabenverteilungen klar?«, versicherte sich Steffens, bevor die beiden Ermittler am Wirtschaftsweg ausstiegen., ohne eine Antwort abzuwarten.

KAPITEL NEUNUNDZWANZIG

Steffens und Kirchfink liefen geduckt an den immer noch friedlich weidenden Kühen vorbei. Mit einer stummen Kopfbewegung machte Steffens seinen Assistenten auf die Stelle unter der dicken Eiche aufmerksam, wo er sich vor dem anderen Steffens versteckt gehalten hatte, und schließlich von Johannes Sauer gefunden worden war. Die Spuren im Erdreich und Laub waren noch deutlich zu sehen.

Ohne weitere Zeit zu verlieren, pirschten die beiden Männer sich an das Holztoilettenhäuschen heran. Vom Wohnhaus her war kein Mucks zu hören, sie hofften, dass die beiden Polizeibeamten alles im Griff hatten.

Ein Vorhängeschloss sicherte von außen den Riegel, so einfach war es also nicht, das Schloss zu knacken. Aber es verriet den Männern auch, dass der andere Steffens nicht im Häuschen war. Der Kommissar hatte vorausschauend einen Schraubendreher mitgenommen. Mit dessen Hilfe schraubte er die Scharniere einfach ab.

»Ging ja easy«, flüsterte Kirchfink anerkennend. Vorsichtig öffneten Sie den Eingang. Kein Licht, kein weiteres Geräusch, keine Gefangene fanden die beiden Männer vor. Sie schauten sich erstaunt in dem kleinen Raum um. Nichts erinnerte an seine ursprüngliche Bestimmung. Die ehemalige Latrine gab es nicht mehr, die Wände waren weiß getüncht, selbst der Holzboden war fein säuberlich gefegt worden.

Ganz ruhig blieben die beiden Ermittler an der Tür stehen. Steffens konnte und wollte sich nicht damit zufriedengeben. Er hatte doch selber beobachtet, wie der ehemalige Bürgermeister mit einem Korb hierhergegangen war.

Langsam betrat er die knapp fünf Quadratmeter. Sein Instinkt sagte ihm, dass irgendwo hier die Antwort zu finden sein musste. Seine Augen tasteten die Holzwände ab, aber seine Gedanken waren schon weiter. So ein Plumpsklo hatte doch eigentlich immer eine Art Keller, ein Untergeschoss, sprich Grube, gehabt. Schließlich waren diese Einrichtungen nicht an die Kanalisation angeschlossen gewesen.

»Kirchfink, helfen Sie mir mal, wie schrauben den Boden auf.«

Ungläubig schaute der Assistent seinen Chef an. Hatte der jetzt doch den Verstand komplett verloren? Da krabbelte er auf allen Vieren und klopfte mit dem Griff des Schraubenziehers auf die Bodenbretter eines ehemaligen Austritts.

Gerade als er eine anzügliche Bemerkung machen wollte, hielt sein Chef inne, hob die rechte Hand und zeigte stumm auf eine Stelle am Boden. »Hier ist was«, flüsterte er und begann, die Schrauben zu lösen. »Gucken Sie mal nach draußen, was wir jetzt nicht gebrauchen können, ist Besuch vom anderen Steffens.«

Kirchfink kam nickend zurück. »Die Luft ist rein.«

»Wer kann das auf einem Klo schon behaupten.« Steffens fand zu seinem alten Humor zurück.

»Wir sind am Ziel, hier ist der gesuchte Hohlraum.« Zuversichtlich schraubte Steffens weiter. »Moment mal, Kirchfink, hören Sie das auch?«

Jetzt kauerten beide Männer auf dem Boden und pressten jeweils ein Ohr auf die Dielen. Tatsächlich hörten sie ein leises Schluchzen.

Nun wurde es hektisch. Den Beiden war es gleichgültig, ob die Bretter noch standhielten. So schnell wie möglich arbeiteten sie sich weiter vor. Die Bodendielen splitterten und knackten, es war viel lauter, als die beiden Männer gedacht hatten.

Das Schluchzen war verstummt. »Hallo, ist hier jemand?«, rief der Kommissar. Es kam keine Antwort.

Endlich wurde die ehemalige Grube sichtbar. Fassungslos schauten die beiden Ermittler in ein winzig kleines Gefängnis. Ein Bett, ein Eimer, kein Fenster, wenig Sauerstoff und mittendrin auf der Liege eine gefesselte Frau, Julia. Klebestreifen quer über dem Mund verhinderten jeglichen Laut. Ihre Hände waren auf dem Rücken zusammengebunden.

In diesem Moment erklang ein mehrmaliges, lautes Hupen. Die beiden Beamten schafften es nicht, den ehemaligen Bürgermeister länger abzulenken und waren mit dem Streifenwagen und dem alten Audi auf der Flucht.

»Scheiße, nicht jetzt«, stöhnte Steffens. »Kirchfink, gehen sie dem Schwein entgegen, machen Sie wenn nötig von der Dienstpistole Gebrauch, aber passen Sie auf sich auf, ich kümmere mich um Julia.«

Kirchfink kontrollierte, ob seine Walther P99, die Dienstpistole der Aachener Polizei, richtig saß und lief geduckt zum Haus.

Steffens zückte das Handy und rief bei den Kollegen der Feuerwehr an: »Kommissar Steffens aus Monschau hier, ich brauche einen Krankenwagen zu folgender Adresse!« Seine Stimme klang sachlich. »Wir haben eine weibliche Geisel in schwer zugänglicher Grube. Also schickt auch die mobile Rettungseinheit.«

Danach wählte er die Nummer von Paul Kreitz. »Kommt sofort zurück. Wir haben Julia Kosslik gefunden. Sie lebt, ist aber schwach. Ein Krankenwagen kommt, euch brauchen wir zur Verstärkung.«

»Und Ihr Auto?«

»Wie mein Auto? Damit fahrt Ihr natürlich hierhin zurück.« Steffens schüttelte den Kopf, hatte aber keine Zeit für weitere Diskussionen.

Julia hatte ihn gehört und erkannt, war aber viel zu schwach, um sich aufzurichten. Steffens versuchte über

Blickkontakt und Gestik, die junge Frau zu beruhigen und ihr zu erklären, dass er draußen Kirchfink zur Hilfe eilen müsse. Sie hatte verstanden.

Aber genau in dem Augenblick hörten sie aus der Richtung des Hauses einen Schuss. Julia gab so etwas wie einen Schrei von sich. Das Klebeband war im Weg. Steffens wirbelte herum und rannte nach draußen, wo er aber erst mal von der Hecke aufgehalten wurde. »Scheißteil!«, fluchte er, duckte sich unter den Pflanzen durch und erreichte das hintere Gartenstück, das wie ausgestorben und friedlich vor ihm lag.

Erneut krachte ein Schuss! Es folgte ein unglaubliches Geschepper.

»Treffer!«, murmelte Steffens. »Wenn das mal nicht das gute Geschirr gewesen ist.« Er schlich sich zum Wohnzimmerfenster, das zum hinteren Garten zeigte. Vorsichtig lugte er durch die Scheibe in den Raum und sah eine frische Blutspur, die zur Diele führte.

»Scheiße, wo ist Kirchfink?«

Hastig rannte er, nicht mehr auf Tarnung achtend, den Dienstrevolver entsichert in Laufrichtung zeigend, zur Haustür. Wie erwartet stand diese sperrangelweit offen. Seine Bewegungen waren immer noch schnell, wurden aber auch bedächtiger. Mit dem Pistolenlauf schob er die Haustür nach innen. Ein Widerstand hinter dem Türblatt verhinderte, dass er den Eingang noch weiter öffnen konnte.

»Rauskommen, Hände in den Nacken und versuchen Sie erst gar nichts!«, befahl er laut.

Nichts geschah. Behutsam schob der Kommissar sich weiter in die Diele, um dann hinter die Tür gucken zu können. Es verschlug ihm den Atem. In einer Blutlache lag Kirchfink. Gerade, als der Kommissar den Puls fühlen wollte, öffnete sein Assistent die Augen.

»Alles gut. Ich stand hier vor dem Geschirrschrank und dann weiß ich nur noch, dass es ziemlich gekracht hat. Die riesige Suppenterrine fiel vielleicht als erstes aus dem Schrank und hat mich getroffen, oder die Fleischplatte. Dass Kopfwunden aber auch immer so stark bluten müssen.«

»Wem sagen Sie das«, erwiderte Steffens erleichtert. »Aber wo ist das Schwein?«

»Zuletzt hatte er sich in der Küche an so einer Essensdurchreiche verschanzt, aber ich habe ihn ins Bein getroffen. Da müsste er noch liegen, denn er hat ja dann nur noch den Treffer ins Porzellan geschafft.«

Kirchfink verdrehte die Augen und wurde bewusstlos.

Gerade als Steffens angesichts seines verletzten Assistenten wieder nervös wurde und versuchte, ihn mit leichten Ohrfeigen zurückzuholen, hörte er die Martinshörner des Krankenwagens und der Feuerwehr.

Er rannte den Sanitätern entgegen, obwohl er den verletzten Kirchfink nur ungern allein ließ, und gab sofort die Order, noch zwei Rettungswagen anzufordern. Zeitgleich erreichten Paul Kreitz und Basti Schreiber das Anwesen.

»In der Diele liegt mein Assistent, verwundet!«, rief der Kommissar den Sanitätern zu. »Schnell, er hat das Bewusstsein verloren.«

»Und ihr«, wandte er sich an Paul Kreitz und Basti Schreiber »findet den früheren Bürgermeister in der Küche, wahrscheinlich angeschossen und eventuell noch bewaffnet. Haltet ihn in Schach, bis die nächsten Krankenwagen kommen«, befahl er den beiden Streifenpolizisten.

»In der Grube des ehemaligen Plumpsklos ist die Geisel, gefesselt. Das kleine Häuschen steht auf der Grundstücksgrenze hinter der Hecke, ich führe Sie hin«, erklärte er den Feuerwehrmännern, die in Windeseile eine mobile Leiter aus dem Gerätewagen holten und dem Kommissar folgten.

Fassungslos blickten die Feuerwehrmänner in das kleine Verlies. Ohne Zeit zu verlieren, ließen die beiden

Retter die Leiter in die Grube und einer der Männer kletterte hinunter, gefolgt von Steffens.

Behutsam befreiten sie Julia Kosslik aus ihrer gefährlichen Lage. Zunächst löste der Feuerwehrmann vorsichtig das Klebeband von den Lippen, während Steffens mit seinem Taschenmesser den Kabelbinder durchtrennte, der die Handgelenke zusammenhielt.

Die beiden setzten die junge Frau auf und warteten, bis sie einen einigermaßen stabilen Eindruck machte. Der zweite Feuerwehrmann hatte, woher auch immer, eine kleine Wasserflasche in der Hand, die er seinem Kollegen zuwarf. Julia trank langsam einige Schlucke. Sie weinte leise.

Von weitem waren wieder Martinshörner zu hören, die beiden anderen Krankenwagen fuhren vor. Der eine Feuerwehrmann lief ihnen entgegen, um die Besatzung einzuweisen.

Währenddessen fuhr der erste Rettungswagen mit Kirchfink auf der Pritsche in Richtung Simmerather Krankenhaus davon. Kurz darauf wurde Julia Kosslik von den Feuerwehrmännern geborgen und dann ebenfalls zum Simmerather Krankenhaus gebracht.

Endlich hatte Steffens jetzt Zeit, nach seinem Namensvetter zu schauen. Er ging am Wohnzimmer vorbei, wo sein Blick den zerstörten Geschirrschrank und den Porzellanhaufen davor einfing.

Als er in die Küche kam, bot sich ihm ein Anblick, den er nicht so schnell vergessen würde. Der ehemalige Bürgermeister lag auf dem Rücken. Das angeschossene Bein war zwischen Knie und Fuß nackt, das blutgetränkte Hosenbein lag abgeschnitten daneben und ein perfekt angelegter Druckverband an der Einschussstelle zeugte von den Erste Hilfe-Kenntnissen der beiden Streifenpolizisten. Mit Handschellen war der andere Steffens am Heizkörper gefesselt. Er hielt sich erstaunlich ruhig, konnte seinen Blick aber nicht von den beiden Beamten abwenden.

Paul Kreitz und Bast Schreiber hingegen saßen am Küchentisch und tafelten. Der Essplatz war reich gedeckt mit Lachs, Wildschweinpastete, verschiedenen Käsesorten, Weintrauben, Baguette und Honig. Dampfender Kaffee in feinen Porzellantassen rundete das Bild ab.

»Die sind heil geblieben«, erklärte Basti Schreiber gut gelaunt und zeigte auf die Tassen. »Der Kühlschrank von Ihrem Namensvetter war reich gefüllt, scheint ein Feinschmecker zu sein.«

Noch bevor Steffens etwas sagen konnte, wurde er unsanft von den Sanitätern des dritten Rettungswagens zur Seite geschoben. Die Männer kümmerten sich um den angeschossene Steffens und fuhren dann auch mit ihm nach Simmerath ins Krankenhaus.

»Endlich Ruhe!«, Steffens war kreidebleich und setzte sich zu seinen beiden Streifenpolizisten an den Tisch, Basti Schreiber machte ihm einen Kaffee.

»Und jetzt?«, fragte Paul Kreitz.

Steffens sah auf die Uhr. »Nachher fahre ich nach Simmerath und mache Krankenbesuche. Bis dahin sind wohl alle Verletzten behandelt worden. Vorher muss ich noch die Spurensicherung in das Verlies schicken.«

Er wählte die Nummer von Ines Jablonka und schilderte ihr die Sachlage.

»Meine Crew und ich sind schon unterwegs. Wie war noch mal die Adresse?«

Steffens konnte hören, wie die Frau am anderen Ende der Leitung seine Angaben in den Computer tippte, um sie danach ins Handy zu übertragen.

»Die Entfernung wird mit einer Dreiviertelstunde angegeben, also sind wir in einer Stunde da«, bemerkte sie sachlich. »Warten Sie so lange, oder wer ist dann da?«

»Ich weiß noch nicht, ungefähr in einer Stunde wollte ich eigentlich zum Krankenhaus fahren, aber es ist ja wohl davon auszugehen, dass keiner der eben abtransportierten Patienten bis dahin wegläuft. Also ich warte, dann kann ich meine Männer zum Kommissariat zurückschicken.«

Steffens setzte sich wieder an den Küchentisch. »Ihr esst in Ruhe zu Ende, danach wäre es gut, ihr fahrt schon mal zum Präsidium, ich warte auf die Spurensicherung … ach so, und natürlich vorher noch Schlüsselwechsel. Vergesst nicht, schon mal Euren Bericht zu schreiben.« Steffens betrachtete voller Dankbarkeit den Schlüssel seines alten Autos, den Schreiber ihm gereicht hatte.

»Chef, alles okay, keine Schramme am Auto«, versuchte Basti Schreiber einen kläglichen Versuch zu trösten. »Und unser Kirchfink wird auch wieder. Ich tippe auf eine ordentliche Gehirnerschütterung. Die im Krankenhaus Simmerath wissen außerdem sehr gut, wie man Kopfwunden näht. Bald ist diese Scheiße Geschichte.« Er lächelte seinem Chef aufmunternd zu.

Aber Steffens war noch nicht empfänglich für diesen Zuspruch. Lediglich das harte Metall des Schlüssels in seiner Hand wirkte wie eine Verbindung zum normalen Alltag. Der Kommissar war wie gelähmt, seine Nerven ließen sich nach den Ereignissen der letzten Stunden kaum beruhigen.

KAPITEL DREISSIG

Ines Jablonka konnte es nicht fassen. »Glauben Sie wirklich, der Kerl hat das Opfer hier lebendig begraben wollen, oder gibt es eine Luke oder Ähnliches, das Sie in der Eile übersehen haben?«

»Was soll ich denn jetzt darauf antworten? Hätten wir eine Luke gefunden, hätten wir die benutzt.« Steffens schüttelte den Kopf.

»Schon gut, Sie haben ja Recht. Also machen wir uns mal an die Arbeit«, lenkte sie ein. »Wir werden jedes Brett, jeden Nagel, jedes Staubkorn umdrehen.«

Steffens nickte, verabschiedete sich und fuhr in Richtung Simmerath. Auf dem Weg rief er im Krankenhaus an. »Hier Kommissar Steffens, ich müsste einige Fragen an die Verletzten des Verbrechens von heute Morgen stellen, ist das schon möglich?«

Die Stationsschwester zögerte: »Ähm, tatsächlich liegt bei mir nur ein Herr Kirchfink, der ist vernehmungsfähig. Ein Herr Steffens, sind Sie denn eigentlich mit dem verwandt? Also der ehemalige Bürgermeister jedenfalls ist noch im OP und wird danach eine Nacht auf Intensiv liegen. Die junge Frau schläft. Sie darf nur nach Rücksprache mit einem Arzt besucht werden.«

Diese Informationen waren für Steffens keine wirkliche Überraschung. Er nickte zustimmend, obwohl die Schwester am anderen Ende das nicht sehen konnte.

»Wissen Sie, welche Farbe der Schlafanzug von Kirchfink hat?«, fragte der Kommissar vorsichtig.

»Geht es Ihnen gut? Der hat doch noch keine persönlichen Sachen hier, der liegt hier noch im OP-Hemd, seitdem die Kopfwunde genäht wurde.« Die Krankenschwester verlor langsam die Geduld.

»Danke Schwester, ich bring ihm was mit.«

»Na endlich mal eine gesunde Reaktion von einem Mann«, lästerte sie, bevor sie das Gespräch offensichtlich schlecht gelaunt beendete.

Steffens hielt auf dem Weg nach Simmerath in Imgenbroich an und deckte sich dort in einem Kaufhaus ein. Die Kassiererin bot ihm an, alles als Geschenk zu verpacken.

Im Krankenhaus angekommen, folgte er der Beschreibung und fand dann auch das Zimmer seines Assistenten.

Kirchfink freute sich, als er seinen Chef erkannte. Steffens rückte einen Stuhl neben das Bett und legte die Einkaufstüte aufs Fußende.

»Danke!«, sagte Kirchfink überrascht und begann auszupacken. Ganz zum Schluss legte Steffens noch eine Krawatte, passend zum hellblauen Schlafanzugoberteil dazu. Die beiden Männer grinsten sich an.

»Wenn Sie morgen wiederkommen, werde ich die tragen!«, versprach Kirchfink.

»Wie lange wollen Sie denn hier drinnen bleiben?« Steffens' ganz normale Frage klang irgendwie ungeduldig.

»Keine Ahnung, aber noch haben Sie mich ja noch nicht mal gefragt, wie alles passiert ist.«

»Das spar ich mir auch auf, bis wir gemütlich irgendwo Kaffee trinken«, stellte der Kommissar in Aussicht. »Aber trotzdem eine Frage: Noch Kopfschmerzen?«

»Geht schon, Chef, Saufen ist schlimmer!«

Erstaunt blickte Steffens seinen Assistenten an: »Sie überraschen mich immer wieder, Kirchfink.«

Die beiden Männer verabschiedeten sich fast schon freundschaftlich. Regelrecht beschwingt verließ Steffens angesichts des Eindrucks, dass es Kirchfink wesentlich besser ging, als er zunächst befürchtet hatte, das Krankenhaus.

Der Kommissar fuhr erschöpft aber trotzdem noch voller Tatendrang zu seiner Philosophenbank auf dem

Steling. Dort kam er endlich zur Ruhe. Das Wetter spielte mit, die letzten Sonnenstrahlen im September wärmten den Kommissar auf sehr vertraute Art. Die Ereignisse der letzten beiden Tage wirkten hier oben so unwirklich. Sie liefen vor seinem geistigen Auge ab wie ein schlechter Film, den man nicht abstellen konnte, und es schien alles so weit weg zu sein.

Die Stille wurde gestört, als in seiner Hosentasche Bob Marley erwachte. *I shot the sheriff*. Steffens grinste: »Eben nicht!«, und nahm das Telefonat an.

KAPITEL EINUNDDREIßIG

»Ines Jablonka hier. Also es gab tatsächlich eine kleine Luke, oder nennen wir es besser Durchreiche. Ein Mensch passte nicht da durch, aber für ein Butterbrot und eine Flasche Wasser wäre es groß genug.«

»Aber der Kerl kann doch nicht jedes Mal die Bodenbretter losschrauben, um da runter zu klettern«, bemerkte der Kommissar.

»Musste er das denn?«, fragte Ines Jablonka? »So konnte er sie wenigstens mit Essen versorgen und nicht noch zusätzlich körperlich misshandeln.«

»Nein!«, widersprach Steffens. Julia Kosslik war gefesselt. Sie war gar nicht in der Lage etwas anzunehmen, geschweige denn zu essen oder zu trinken.«

»Oh! Das wusste ich nicht! Jetzt sagen Sie bitte nicht, diese kleine Öffnung diente lediglich der Überwachung, in welchem Zustand die junge Frau war«, überlegte die Beamtin laut. »Ich habe schon viel in meinem Beruf gesehen, aber ich werde mich wohl nie an solche Perversität gewöhnen.«

»Das spricht für Sie.« Auch Steffens war fassungslos. »Scheiße nochmal, hoffentlich kann ich diesen, diesen …, Entschuldigung mir fehlen die Worte, morgen vernehmen«, fluchte Steffens.

»Scheißkerl, denke ich, wollten Sie sagen«, vervollständigte Ines Jablonka den Satz. »Sobald die anderen Ergebnisse unserer Spurensuche ausgewertet sind, melde ich mich wieder.«

Bevor Steffens antworten konnte, hatte sie schon aufgelegt.

Der Kommissar verließ den Steling und ging an Kaiser Karls Bettstatt vorbei zu seinem Auto. Er wollte zu Huberta, um sich einen Kaffee abzuholen und eine Flasche Els zu kaufen. Die Verletzungen an der Stirn und der Wange pochten.

Huberta sah ihn prüfend an und schüttelte dann den Kopf. »Wissen Sie, Steffens, Sie sind der erste Mensch, den ich kenne, der sein Gesicht verliert ohne Gesichtsverlust.« Und dann ertönte ihr einzigartiges, ansteckendes Lachen.

»Hä?«, fragte Steffens und griff sich gegen die Stirn. »Au!« Schmerverzerrt nickte er im selben Augenblick: »Jetzt habe ich Sie verstanden«, und lachte mit.

KAPITEL ZWEIUNDDREIßIG

Am nächsten Morgen schillerte seine Wange in den unterschiedlichsten Blautönen, ihm war es egal. Es hatte sich alles gelohnt. Nur noch einige Verhöre, aber eigentlich war die Sachlage klar. Der ehemalige Bürgermeister Steffens kam zumindest wegen Freiheitsberaubung und versuchtem Polizistenmord vor den Richter. Diesen Erfolg wollte er allerdings erst feiern, wenn auch Kirchfink dabei sein konnte.

Heute war er der Erste im Büro. Steffens bereitete den Kaffeeautomaten vor und ging in Gedanken den Tagesplan durch. Gegen zehn Uhr wollte er im Krankenhaus die Besuche machen, von denen er sich erhoffte, den Fall endgültig abschließen zu können. Dann würde er den Nachmittag zum Verfassen seines Berichtes nutzen, Basti Schreiber und Paul Kreitz hatten ihren ja sicherlich schon fertig.

Die Tür wurde aufgerissen und der immer gut gelaunte Basti Schreiber stürmte in den Raum, blieb abrupt stehen und begrüßte seinen Chef: »Sie schon hier? Schlafen Sie denn nie?«

Steffens hätte gerne gegrinst, aber das Hämatom in seinem Gesicht verhinderte heute jede Grimasse. Stattdessen wandte er sich an den Streifenpolizisten mit der Frage, ob er auch gerne einen Kaffee hätte.

»Äh, Chef, heute schon mal in den Spiegel geguckt?«

»Ja natürlich, es sieht aber dramatischer aus, als es ist.«

»Okay, aber ich weiß nicht, wenn sie so ins Krankenhaus fahren, behält man Sie sofort da!«

»Dann mach' ich es mir mit Kirchfink gemütlich!«

»Wer will es sich mit mir gemütlich machen?«

Niemand hatte gemerkt, dass der Assistent ins Büro gekommen war und die letzten Worte mitgehört hatte. Statt eines Hemdes trug er das hellblaue Oberteil seines Schlafanzuges mit der neuen Krawatte. Seine Beine steckten in einer Jogginghose.

Bevor die beiden Männer etwas fragen konnten sagte Kirchfink: »Schnell, gebt mir einen Kaffee, mein Taxi wartet unten, die Stationsschwester glaubt, ich sei zum Rauchen rausgegangen und hat mir diesen Schlabbel geliehen«, und damit zeigte er auf die Trainingshose aus Ballonseide. »Ich habe wohl auch eine Gehirnerschütterung und muss es tatsächlich noch eine Woche unter der Fuchtel dieser Stationshexe aushalten.«

»Bei der Entfernung von Simmerath nach Monschau und zurück schaffen Sie eine ganze Schachtel. Respekt!«, kommentierte Bast Schreiber Kirchfinks Flucht. »Aber da fällt mir ein, Sie rauchen eigentlich doch gar nicht. Ach egal, nehmen Sie meinen Becher, ich war noch nicht dran, und dann husch, husch zurück ins Bettchen.«

Kirchfink strahlte dankbar in die Runde, trank den Kaffee und war wieder weg. Steffens konnte ihm noch gerade nachrufen, dass er ihn nachher sowieso besuchen wollte.

Paul Kreitz erschien im Büro und fragte erstaunt: »Habe ich das eben richtig gesehen? War da draußen unser Kirchfink? Ich denke, der ist im Krankenhaus?«

Basti Schreiber blickte demonstrativ auf seine Armbanduhr: »Bestimmt, in circa zwanzig Minuten!«

»Ich brauche einen Kaffee!«, stöhnte Paul Kreitz. »Das ist mir hier heute irgendwie zu hoch.«

KAPITEL DREIUNDDREIßIG

Steffens erreichte das Krankenhaus in Simmerath und fand einen Parkplatz zwischen einem Baucontainer und der Straße, die mal wieder aufgerissen wurde. Er spurtete die Treppe hoch und öffnete die breite Glastür der chirurgischen Station. Sein Assistent hatte immer noch ein Einzelzimmer, und so konnten die beiden Kollegen in Ruhe miteinander reden.

»Also haben wir jetzt den Mörder gefasst?«, fragte Kirchfink nicht ohne Stolz.

»Ich bin mir da immer noch nicht so ganz sicher. Warum hätte der andere Steffens mit dem Mordopfer kurzen Prozess gemacht, indem er es erschossen hat, aber Julia Kosslik sollte in ihrem Verlies verhungern? Diese Frage beschäftigt mich schon seit letzter Nacht. Da stimmt doch irgendetwas nicht.«

Kirchfink setzte sich auf. »Tatsächlich, Chef. Der andere Steffens hat sich ziemlich ins Zeug gelegt, Julia verschwinden zu lassen, indem er sie versteckt hat, aber bei Nina Kollmann ging alles ganz schnell: Lungendurchschuss, Herz getroffen, Peng, tot!«

»Genau das meine ich. Mal sehen, was die Forensik noch alles rausbekommt. Deren Bericht muss ich tatsächlich abwarten. Danach erst kann ich den ehemaligen Bürgermeister verhören, denn dann weiß ich hoffentlich mehr über die Projektile und die Spuren, die in der Gruft gefunden wurden. Nur so kann man die Grube bezeichnen.«

»Ganz schön um die Ecke gedacht, aber irgendwie logisch.« Kirchfinks Anerkennung war echt. Er selber hatte sich wieder auf das Kopfkissen zurücksinken lassen und wartete ab, was der Kommissar als nächstes erörtern wollte.

»Kirchfink, können Sie sich eigentlich an die Zeit zwischen dem Verlassen des Plumpsklos, als wir beide die Autohupe gehört haben, und dem Herabstürzen der Suppenschüssel oder der Fleischplatte auf Ihren Kopf erinnern? Wenn ja, erzählen Sie es mir doch jetzt schon, auch ohne gemeinsames Bier oder gemeinsamen Kaffee.«

»Ja, das kann ich nur zu gut. Sie haben mich zu dem Monster geschickt mit der Prämisse, auch ruhig von meiner Dienstwaffe Gebrauch zu machen. Ich bin vorsichtig durch die unverschlossene Eingangstür geschlichen. Der Kerl stand in der Küche und zielte mit der Büchse auf mich. Sie glauben gar nicht, wie stinkesauer ich war, wie sehr die Bilder der gefesselten Geisel in der ehemaligen Grube meine Wut auf diese Bestie geschürt haben. Der Schuss aus meiner Pistole löste sich fast wie von selber und traf, wie von mir gewollt, dessen Bein. Ich lief ins Wohnzimmer, wo ich im Schatten des Geschirrschrankes kauerte, als sein unkontrollierter Schuss aus der Küche durch die Durchreiche den Schrank plus Inhalt traf. Ich kann mich noch an unglaublich viel Krach und den plötzlichen Schlag auf meinen Kopf erinnern. Das muss dann wohl die Suppenterrine gewesen sein. Wie ich in die Diele hinter die Tür gekommen bin, weiß ich allerdings nicht mehr. Haben Sie mich dahingezogen?«

»Nein, ich habe den ersten Schuss gehört und bin sofort zum Wohnhaus gerannt, nicht ohne vorher Julia mit Zeichensprache zu erklären, was ich vorhatte und die Feuerwehr und einen Krankenwagen für ihre Bergung gerufen zu haben. Auf dem Weg zum Haus hörte ich einen zweiten Knall und ein Geschepper schlimmer als beim Polterabend, das war dann wohl der Geschirrschrank. Hinter der Eingangstür habe ich Sie gefunden. Irgendwann zwischendurch habe ich zwei weitere Krankenwagen geordert. Ach ja, natürlich mussten Paul Kreitz und Bast Schreiber wieder zurückkommen. Muss ich wohl auch irgendwann veranlasst haben, aber die zeitliche Reihenfolge weiß ich nicht mehr. Es ging alles so schnell, dass ich mich wirklich nicht mehr an den genauen chronologischen Ablauf erinnern kann.«

Steffens bemerkte, dass Kirchfink immer müder wurde. »War wohl doch zu viel heute, was?«, fragte er fürsorglich. »Erst der kleine Ausflug im Taxi zu uns und jetzt die Rekapitulation der Ereignisse. Kirchfink, schonen Sie sich, damit Sie bald wieder hier raus können. Gute Besserung«, sagte er leise und fürsorglich. Der Kommissar wusste nicht, ob sein Assistent das noch gehört hatte.

Vorsichtig und ohne einen Mucks verließ er das Krankenzimmer. Im Flur wandte sich der Kommissar an die diensthabende Krankenschwester.

»Wo finde ich denn Julia Kosslik?«

Die Schwester musterte ihn. »Sind Sie mit ihr verwandt? Der Vater vielleicht?«

Das saß! Seine Gesichtszüge entglitten ihm leicht. Er konnte ja schlecht antworten: *Nein, der Lover.* »Nein, ich bin Kommissar Steffens und leite die polizeilichen Ermittlungen!« Und mit diesen Worten zückte er seinen Ausweis.

»Oh, Entschuldigung. Dann sind Sie mit dem ehemaligen Bürgermeister von Zimmer sieben verwandt? Komisch, das hätte ich jetzt nicht vermutet.« Die Schwester musterte den Kommissar auffallend, bevor sie erklärte: »Sie sind nicht der Erste, der nach der Patientin fragt. Wir mussten Frau Kosslik nach Aachen in die Psychiatrie verlegen. Hier in Simmerath haben wir eine solche Station nicht, aber die Kollegen im Klinikum sind bestens ausgestattet. Frau Kosslik hat nicht mehr gesprochen, mit niemanden.«

Steffens war hellhörig geworden. Fast schon erschrocken fragte er: »Wer hat sich denn noch nach ihr erkundigt?«

»Ich war nicht dabei, aber Schwester Erika war ziemlich aufgebracht, weil sie noch nie ein solches Exemplar von Mann gesehen hatte. Sie ist halt eine Quereinsteigerin im Pflegeberuf und deshalb, trotz ihres Alters, ziemlich unerfahren, was die unterschiedlichen Spezis angeht.«

»Wo kann ich Schwester Erika finden?«, fragte Steffens eilig.

»Auf der Peleponnes. Sie macht da Urlaub. Drei Wochen Griechenland, die Glückliche.«

»Scheiße!«

Die Krankenschwester schaute ziemlich irritiert.

»Entschuldigung, ist mir so rausgerutscht, meine ich aber ernst!« Steffens sah beunruhigt aus, was der Krankenschwester nicht entgangen war.

Die Tatsache, dass sich jemand im Krankenhaus nach Julia erkundigt hatte, schmeckte ihm gar nicht. Und wenn dieser Jemand auch noch so eine Kante gewesen sein muss, liegt es ja nahe, dass hier schon wieder der Kölner seine Finger im Spiel hatte.

Er hatte keine Erklärung dafür!

»Danke für Ihre Auskünfte, ich werde Frau Kosslik in Aachen aufsuchen.«

Gerade, als er die Station verlassen wollte, kamen zwei Ärzte in wehenden, weißen Kitteln durch den Flur. Der eine war ganz in weiß, der andere trug seinen Arztkittel über einem dunklen Anzug mit Hemd und Krawatte.

»Das müsste der Chefarzt sein«, sagte sich Steffens und ging auf ihn zu.

»Guten Tag, Steffens mein Name, ich leite die polizeilichen Ermittlungen in einem Mordfall und bin im Zuge dessen zu dem Ergebnis gekommen, dass die Geiselnahme von Julia Kosslik damit im Kausalzusammenhang steht. Können Sie mir sagen, warum die Patientin auf die Psychiatrische Station des Aachener Klinikums verlegt worden ist?«

Mit dieser Frage zückte er unaufgefordert seinen Ausweis, um sich bei den beiden Medizinern zu legitimieren.

Der Arzt mit dem dunklen Anzug unter dem Kittel übernahm als erstes das Wort: »Ich versuche mal, das mit einfachen Worten zu erklären: Bei der besagten Patientin mussten wir eine ausgeprägte Sprechblockade erkennen. Das Symptom, was wir Mediziner als Unfähigkeit zu reden bei gleichzeitigem Erhalt der Sprechfähigkeit beobachten, nennen wir Mutismus. Da wir kein Schädel-Hirntrauma bei besagter Patientin feststellen konnten, gehen wir davon aus, dass ihre Sprechblockade eine psychogene Ursache hat. Die Kollegen in Aachen haben ganz andere Möglichkeiten der differenzierten Diagnostik und der dann erforderlichen Therapie.«

»Also eine Aphasie?«, fragte Steffens

»Nein!«, antwortete der andere Mediziner bestimmt. »Nach einem Unfall mit Kopfverletzungen, also dem Verdacht eines Schädel-Hirntraumas, kann man von einer Aphasie ausgehen. Bei Frau Kosslik sehen wir aber die seelische Folter, die Angst, der die junge Frau ausgesetzt war, als ursächlich.«

Steffens schwirrte der Kopf, aber er glaubte, es verstanden zu haben. Wie das nun in der Medizinwelt bezeichnet wurde, konnte ihm eigentlich auch egal sein. Für ihn war ja vor allen Dingen wichtig, wo sich Julia jetzt befand und welche Erkenntnisse zielführend bei der Aufklärung der Verbrechen waren.

Gerade, als er sich verabschiedet hatte und zur Glastür des Treppenhauses gehen wollte, meinte der erste Arzt mit dem dunklen Anzug noch: »Wir hegen die berechtigte Annahme, dass bei Julia Kosslik eine aufmerksame Überwachung erforderlich ist und haben das auch in unseren Bericht geschrieben.«

Steffens wusste, dass er so schnell wie möglich zum Klinikum nach Aachen fahren musste.

KAPITEL VIERUNDDREISSIG

Nachdem er sich im Aachener Klinikum beim Pförtner die Wegbeschreibung zur Psychiatrie geholt und den Weg dorthin gefunden hatte, erlebte er eine herbe Enttäuschung.

Die Tür war abgeschlossen, auf sein mehrmaliges Klingeln erfolgte zunächst keine Reaktion. Schließlich, als er kurz davor war aufzugeben, wurde die Tür einen Spalt breit geöffnet. Ein überaus netter, ziemlich großer Pfleger oder Therapeut erkundigte sich nach seinem Anliegen. Sein Gesicht verbarg sich halb hinter einer Mund-Nasenmaske. Auffallend hellwache Augen waren über dem Rand der Maske sichtbar.

Der Kommissar stellte sich vor und formulierte sein Anliegen, Julia Kosslik besuchen zu wollen, um ihr einige Fragen zu stellen. Er gab nicht zu erkennen, dass er über die Sprechunfähigkeit der Patientin informiert war, er wollte sie ganz einfach nur sehen! Und das musste ja keiner wissen.

»Julia Kosslik? Nein, die können Sie auf gar keinen Fall vernehmen!«, verneinte der Pfleger Steffens' Frage. »Obwohl Sie der leitende Ermittler sind! Sie arbeiten zielorientiert an Ihren Aufgaben und wir genauso an unseren. Wir müssen psychisch kranke Menschen heilen. Das kann für die betroffenen Personen ein langer, schmerzhafter Prozess sein. Da sind Befragungen zu einem Mordfall völlig kontraproduktiv. Abgesehen davon haben Ihnen die Ärzte in Simmerath ja sicher schon gesagt, dass die Patientin zurzeit mit keinem redet. Antworten sind also nicht zu erwarten!«

Als einzige Anerkennung registrierte der Kommissar, dass sich Julia offensichtlich in einem geschützten Umfeld befand und somit Gefahren von außen sie nicht erreichen konnten. Dennoch fiel es ihm schwer, sich zu fügen.

»Danke für Ihre Auskunft, da werde ich mich wohl gedulden müssen. Hier ist meine Karte, können Sie mich bitte informieren, wenn Frau Kosslik wieder vernehmungsfähig ist?«

Der Mann in dem blauen Kittel mit dem Krankenhauslogo auf Brusthöhe nahm die Visitenkarte an sich, machte Steffens aber keine großen Hoffnungen.

»Die Behandlung einer Posttraumatischen Belastungsstörung kann sehr langwierig sein.« Und damit schlüpfte der Mann durch die Tür wieder zurück auf Station.

Hier war nichts mehr zu holen. Steffens überlegte kurz, ob er Dr. Münster in der Pathologie einen Besuch abstatten sollte, entschied sich aber dann doch dagegen.

Auf dem Weg nach Hause steuerte er eine Pizzeria an, fand einen Parkplatz in unmittelbarer Nähe und gönnte sich einen italienischen Abend. Während seine Bestellung im Holzkohleofen gebacken wurde, wählte er Christinas Telefonnummer.

Ich bin nicht zu Hause, rufe aber zurück! Schon wieder eine neue Ansage mit der vertrauten Stimme, bemerkte er zerknirscht.

Was für ein Scheißtag!

Zu Hause genehmigte er sich einen Els.

Der Kommissar witterte, dass schon wieder irgendetwas nicht stimmte. Dieses Gefühl war so übermächtig, dass er erst weit nach Mitternacht Ruhe fand.

KAPITEL FÜNFUNDDREISSIG

Am frühen Morgen des folgenden Tages meldete sich das Krankenhaus Simmerath. Der leitende Oberarzt der chirurgischen Abteilung teilte Steffens mit, dass der Patient Steffens bereit sei, eine Aussage zu machen, und er als Arzt nichts dagegen einzuwenden hatte.

Der Kommissar stellte das Handy wieder zurück auf die Powerbank und ging ins Bad.

Nur wenig später registrierte er, dass es mehrere Anrufe in Abwesenheit gegeben hatte. Gerade, als er zurückrufen wollte, ertönte schon wieder sein Klingelton mit Bob Marleys *I shot the sheriff*.

»Steffens hier«, meldete er sich, und was er dann erfuhr, ließ selbst den erfahrenen Kommissar erschauern.

»Und sie ist wirklich verschwunden?«, fragte er fassungslos. »Ich habe doch gestern selber versucht, Frau Kosslik zu besuchen und wurde schon an der Stationstüre abgewiesen. Bitte halten Sie sich und alle Mitarbeiter zur Vernehmung bereit, die seit gestern Nachmittag Dienst auf der Station hatten. Ich bin in einer Dreiviertelstunde bei Ihnen und werde mit jedem Einzelnen sprechen!« Dieser Befehlston erlaubte keinen Widerspruch.

Während Steffens zu seinem Auto lief, informierte er die beiden Streifenpolizisten darüber, dass er nach Aachen fahren müsse und frühestens gegen Mittag ins Präsidium kommen könnte. Danach verschob er das Verhör des anderen Steffens im Simmerather Krankenhaus auf den Nachmittag.

»Kein Problem«, meinte der leitende Oberarzt. Ich selber bin dann zwar nicht mehr da, aber die Schwestern an der Leitstelle wissen Bescheid. Und weglaufen kann der nicht!«

Zum Glück gab es an diesem Morgen keine Radarkontrolle, in die Steffens hätte tappen können, denn der Kommissar raste regelrecht nach Aachen.

Er fand einen Platz für sein Auto auf dem chronisch überfüllten Parkplatz für Besucher. Eiligen Schrittes und immer noch vollgepumpt mit Adrenalin erreichte er die Glastür der Station, von wo er gestern weggeschickt worden war.

Steffens klingelte, eine schüchterne Schwesternschülerin öffnete ihm.

»Sie müssen Kommissar Steffens sein«, begrüßte sie ihn, »wir warten alle in der kleinen Teeküche, kommen Sie, ich zeige Ihnen den Weg.«

Er folgte der zierlichen Person über den grasgrünen Bodenbelag.

Als er in den wahrlich kleinen Raum trat, wo es noch nicht mal ein Fenster zum Öffnen gab, war die Luft schon zum Zerschneiden. Lag es an den blankliegenden Nerven, dem Angstschweiß des verantwortlichen Personals, oder war es ein Dauerzustand? Steffens jedenfalls wagte kaum zu atmen.

»Herr Steffens!«, übernahm der Stationsarzt das Wort. »Wir können uns das alle nicht erklären. Die Patientin ist mit ihrem Bett verschwunden!«

»Was?« Der Kommissar hatte sehr wohl trotz der Nachfrage verstanden. »Sie wollen damit sagen, sie ist Ihnen von der Station geklaut worden?«

»So kann man das sagen, mir fällt nichts Anderes dazu ein.« Er wirkte kleinlaut. Wäre die Situation nicht so grotesk und für Julia so gefährlich, hätte der Mediziner einem leidtun können.

»Vorwürfe bringen nichts. Wir müssen jetzt schnell und analytisch vorgehen.« Der Kommissar blickte in die Runde, dann stutze er. »Sind das alle, die in der fraglichen Zeit, als Ihnen die Patientin abhandengekommen sein muss, hier auf Station Dienst hatten?«

Das medizinische Personal schaute sich gegenseitig an.

»Ja, das sind hier jetzt alle«, bestätigte die Stationsschwester.

»Das kann nicht sein, gestern hat mir ein freundlicher, auffallend großer Mann mit kantigem Gesicht an der Tür erklärt, dass Julia Kosslik nicht vernehmungsfähig sei. Und was mir außerdem jetzt, da ich Sie alle in weißer oder grüner Montur vor mir sehe, noch auffällt: Er hatte einen blauen Kittel an und trug einen Mundschutz.«

»Wir haben hier oben keinen Kollegen der auffallend groß ist«, antwortete die Stationsschwester irritiert.

Da meldete sich die Schwesternschülerin zu Wort: »Gestern Nachmittag war tatsächlich so ein Mann auf unserer Station. Er war sehr, sehr freundlich und sagte, er müsse ein Bett abholen.«

»Wann war das?«, fragte Steffens.

»Das war im späten Nachmittag, als alle in der Teambesprechung waren, und ich hier alleine am Stationsempfang gewartet habe. Der Patient von der Fünf hatte geklingelt, ich bin hingegangen, und als ich danach wieder zurückkam, habe ich den Mann beobachtet, wie er ein Bett über den Flur in Richtung Aufzug geschoben hat. Für mich hat das nicht auffällig ausgesehen.«

»Scheiße, das muss er gewesen sein! Und zwar unmittelbar, nachdem er mich an der Glastür weggeschickt hat.« Steffens atmete tief ein und aus. Seine Gedanken überschlugen sich.

Durch das anwesende Personal ging ein Raunen.

»Wohin werden denn die Betten gebracht, wenn sie von Station weggeschoben werden? So einfach über den Vorplatz an dem Eiswagen vorbei geht ja wohl nicht«, überlegte Steffens mehr als er fragte.

»Die kommen in den Bettenkeller, werden dort desinfiziert, frisch bezogen und mit Folie geschützt, so lange, bis sie wieder gebraucht werden«, erklärte der Oberarzt.

»Das schauen wir uns an. Wer kann mitkommen? Einen brauche ich.« Der Kommissar witterte eine Chance.

»Schwester Claudia, die Stationsschwester, geht am besten mit. Die Medikamente sind ja soweit vorbereitet, dass erstmal auf Station wie gewohnt weitergearbeitet werden kann.«

Gegen die Anweisung des Arztes hatte niemand etwas einzuwenden, und so verließen Steffens und Schwester Claudia die Etage. Geistesgegenwärtig griff die Schwester noch nach dem Aufzugsschlüssel, der es ihnen ermöglichte, ohne Stopp in den Keller zu gelangen, da alle anderen Nutzer per Ansage gebeten wurden, den Fahrstuhl zu verlassen.

Die Beiden eilten durch die spärlich beleuchteten Katakomben. Es standen viel mehr benutzte und frisch hergerichtete Betten sowohl in den Fluren als auch in den dafür vorgesehenen Abstellnischen, als Steffens gedacht hatte. Auch keimfrei gemachte Nachttische waren dazwischen irgendwie drapiert, Hauptsache, sie hatten einen Platz.

Seine Augen tasteten die Umgebung ab, permanent suchend nach einer Unregelmäßigkeit zwischen den Gegenständen, seine Ohren versuchten, jedes noch so leise Geräusch einzufangen, von dem der Kommissar glaubte, dass es hier nicht hingehöre. Dennoch entging ihm, dass er und Schwester Claudia beobachtet wurden. Im Schatten einer eckigen Säule stand ein recht großer Mann, der jede Bewegung der beiden Suchenden genau registrierte.

Im Gegensatz zum Kommissar verhielt sich Schwester Claudia geradezu draufgängerisch. Sie ging ohne jegliche Hemmungen an jedes nicht mit Folie fertiggemachte Bett und schleuderte die Bettdecken zur Seite. Ihre Hände hatte sie zum Schutz in Latexhandschuhe gesteckt.

Steffens überkam plötzlich die nackte Angst um Julia. Sie war ihm tatsächlich sehr wichtig geworden. Als Mann wollte, als Kommissar musste er sie unbedingt finden!

Schwester Claudia blieb abrupt stehen. Und da sah er es auch. Hinten in der Ecke stand ein Bett, dessen Bettdecke nicht so platt auf der Matratze lag, wie bei den anderen. Die beiden schlängelten sich vorbei in den abgeschiedenen Winkel. Steffens war zuerst da und riss die hellgrün gestreifte Decke vom Bett.

Ungläubig starrten die Zwei auf die zusammengekauerte Frau. Es war tatsächlich Julia. Entweder sie schlief oder sie war bewusstlos, Schwester Claudia wusste, was zu tun war. Schnell stellte sie eine Ohnmacht fest, legte die Patientin in die stabile Seitenlage und rief über ihren mobilen Sender sofortige ärztliche Hilfe.

Hinter der Säule entfuhr dem großen Unbekannten ein leiser Fluch. Wie sollte er das seinem Auftraggeber erklären? In dem jetzt entstandenen Trubel schaffte er es, unbeobachtet das Treppenhaus und somit den Weg nach draußen zu erreichen.

Völlig verdattert und wie in Trance beobachtete Steffens die Szene rund um das Krankenbett. Er spürte seine weichen Knie und kämpfte gegen Tränen.

Die Handgriffe des medizinischen Personals waren sicher, jede Bewegung hatte ihren Sinn.

»Sie ist wieder da und doch schon wieder so weit weg.« Mit diesem Gedanken begleitete der Kommissar den Konvoi zur Intensivstation, an deren Türe er mal wieder abgewiesen wurde.

Schwester Claudia war die Gefühlslage des Kommissars nicht entgangen. Sie legte tröstend die Hand auf seinen Oberarm. »Geben Sie mir Ihre Karte, wir auf Station werden sehr schnell darüber informiert werden, wann Frau Kosslik wieder aufwacht und Besuch empfangen darf. Ich rufe Sie dann an. Danken Sie dem

Schicksal, dass wir sie gefunden haben, und vertrauen Sie auf die Kunst der Medizin. Ich melde mich!« Ihre sanfte Stimme klang zuversichtlich.

Steffens verabschiedete sich und verließ das Krankenhaus. Draußen empfing ihn ein sonniger Spätsommertag, eine Stimmung, die im Inneren des Klinikums nicht eingefangen werden konnte.

KAPITEL SECHSUNDDREIßIG

Der Kommissar hatte jetzt Gelegenheit, die mittlerweile vielen entgangenen Anrufe durchzugehen. Dazu setzte er sich auf die kniehohe Ummauerung einer Pflanzeninsel, die etwas abseits vom allgemeinen Getümmel auf dem Krankenhausvorplatz ihr Dasein fristete.

Die erste Nummer war die von Ines Jablonka. Er hatte sie unter Favoriten abgespeichert, da sie ja nun mal die neue Kollegin bei der Spurensicherung war.

»Steffens hier, Sie hatten versucht mich anzurufen«, meldete er sich, als die Kollegin am anderen Ende der Leitung abhob.

»Na endlich, Steffens, wo waren Sie denn so lange?«

»Ist eine viel zu lange Geschichte und nicht lustig«, war die knappe Antwort.

»Dann frage ich auch nicht und komme sofort zur Sache. Erstens, wir haben uns ja alle gewundert, dass ein Gewehrschuss den ganzen Geschirrschrank plus Inhalt zerdeppern kann. Die Antwort ist einfach. Ihr Namensvetter, Steffens, hat mit einer abgesägten Schrotflinte geschossen. Wenn man sich vorstellt, dass sich in einer Zwölfer Schrotpatrone so etwa dreißig Schrotkugeln befinden, kann man die enorme Streuung bei nur einem Schuss verstehen. Zusätzlich war der Lauf abgesägt. Damit beginnt die Streuung der Bleikugeln viel früher, der Abstand zum gejagten Objekt muss also nicht so groß sein. Das ist günstig, wenn man zum Beispiel kleine, schnelllaufende Wildtiere erlegen möchte. Ein Hase, der Haken schlägt, hat dann wesentlich weniger Chancen, dem Treffer zu entkommen.

»Oder man kann ein komplettes Familiengeschirr zum Zerbersten bringen«, ergänzte Steffens.

»Das stimmt, aber die Entfernung darf weder zu klein, noch zu groß sein. Die Mordwaffe dagegen war eindeutig ein Jagdgewehr. Diese trifft mit einer Kugel punktgenau, vorausgesetzt, der Schütze zielt richtig, auch aus größerer Entfernung. Eine dieser Kugeln traf unser Mordopfer, wie wir wissen von hinten, unterhalb des zweiten und dritten Rippenbogens in die Lunge und dann ins Herz. Dr. Münster konnte sie dort separieren und wir daraufhin das Kaliber feststellen. Es handelt sich um ein stinknormales großkalibriges Gewehr von 9,3 x 62 Millimeter.«

»Moment, das könnte bedeuten, dass der ehemalige Bürgermeister gar nicht der Mörder war?«, hakte Steffens nach.

»So einfach nicht, das ist lediglich der Beweis, dass auf Kirchfink, oder besser auf den Geschirrschrank mit einer Schrotflinte und auf Nina Kollmann mit einem Jagdgewehr geschossen wurde. In dem Zusammenhang habe ich mir allerdings erlaubt, die Waffenbesitzkarte von Steffens zu überprüfen. Irgendetwas ist in seiner Vergangenheit vorgefallen, denn die wurde ihm mitsamt dem Jagdschein entzogen. Unser Freund hat die Schrotflinte trotz fehlender Autorisierung besessen.

»Was? Er hat also gar nicht mal die Erlaubnis, eine Flinte bei sich zu führen. Mit dem Vorwurf des illegalen Waffenbesitzes krieg ich den endgültig dran.«

»Nach meinen Recherchen ja, viel Glück! Aber Freiheitsberaubung mit Geiselnahme und versuchte Tötung eines Polizisten reicht ja schon.« Ines Jablonka beendete das Gespräch, wie immer kurz und präzise.

Mit diesem neuen Wissen machte sich Steffens auf den Weg nach Simmerath. Mit einem halben Auge hatte er noch den entgangenen Anruf aus Köln an der Vorwahl erkannt, aber dieser Rückruf musste warten.

Der Kommissar parkte sein Auto vor dem kleinen Kreiskrankenhaus. Er stürmte in das Gebäude und beeilte sich, über das Treppenhaus die chirurgische Station zu erreichen.

Zunächst besuchte er Kirchfink, der jetzt zum Glück einen stabileren Eindruck machte.

»Hey, Sie sehen ja heute geradezu blendend aus! Das macht Mut, ich brauche so langsam wieder Ihre Hilfe.« Steffens zwinkerte mit den Augen und freute sich, dass auch über Kirchfinks Gesicht ein Lächeln huschte.

»Ganz ehrlich Chef, mir stinkt es gewaltig. Es sind ja fast alle nett hier, aber so viel Langeweile hatte ich schon lange nicht mehr.«

»Sehen Sie, Kirchfink, und genau darin unterscheiden wir uns zurzeit. Und um die Story noch perfekt zu machen, gehe ich jetzt rüber zum anderen Steffens. Danach habe ich hoffentlich viel zu erzählen. Drücken Sie mir die Daumen.«

»Geht klar, Chef. Wenigstens etwas, womit ich für unsere Ermittlungen vom Bett aus was tun kann.« Und mit übertriebener Geste zeigte er dem Kommissar die zur Faust geballten Fäuste mit eingeklemmten Daumen.

Steffens verabschiedete sich von seinem Assistenten und überquerte den Flur, um das Zimmer des anderen Steffens zu erreichen. Auch der lag in einem Einzelzimmer, Steffens konnte das Verhör in Ruhe führen.

»Hallo, Herr Steffens«, begrüßte er den ehemaligen Bürgermeister, dessen verbundenes Bein in einer Schlinge an einem sogenannten Galgen hing. Der Kommissar bemerkte mit Genugtuung, dass der Patient keine einzige selbständige Bewegung machen konnte. Er war buchstäblich ans Bett gefesselt. »Könnte Julia doch diese Jammergestalt sehen«, dachte er. »Es rächt sich doch alles irgendwie!«

»Ach, der Kommissar! Hat man Sie gerufen, weil ich tatsächlich jetzt eine Aussage machen möchte?«, fragte er.

»Möchten Sie?«, fragte der Kommissar.

»Ich weiß nicht, ob ich wirklich möchte, eher gesagt, ich muss.«

»Schießen Sie los«, ermutigte Steffens sein Gegenüber und merkte erst dann, wie grotesk angesichts des erschossenen Mordopfers diese Aufforderung klang.

»Geht ganz schnell und ganz einfach, fragen Sie den Kölner!«

»Wie, das war schon alles?«, antwortete der Kommissar und dachte an seine Zeit in Köln. Er hatte so gar keine Lust, schon wieder an die gemeinsame Vergangenheit anzuknüpfen. »Natürlich kann ich mich an den Kölner wenden, aber vorher habe ich noch einige Fragen an Sie.«

Der ehemalige Bürgermeister versank im Kissen und meinte schwach: »Fragen Sie. Weglaufen kann ich ja sowieso nicht.«

»Warum haben Sie keine Waffenbesitzkarte mehr?«

Könnten Blicke töten, dann hätte der andere Steffens so oder so keine Schusswaffe gebraucht.

»Ich merke, Sie haben gründlich recherchiert.«

»Das ist mein Job. Also?«

»Ich musste alles abgeben.«

»Geht es etwas genauer?«

»Ich habe irgendwann mal Scheiße gebaut. Mir ist durchaus klar, warum meine DNA bekannt ist«, antwortete der ehemalige Bürgermeister kleinlaut.

»Und daraufhin waren Sie dann auch kein Bürgermeister mehr?«

»Ja, so ungefähr.«

»Aber die Schrotflinte haben Sie behalten.« Der Kommissar stellte diese Behauptung fest, ohne sie als Frage zu formulieren.

»Mein Gott, eine Schrotflinte …«, versuchte sich der andere Steffens zu erklären.

»… ist auch eine Waffe!«, fiel der Kommissar ihm ins Wort. »Aber ich habe keine Zeit für Belehrungen. Warum haben Sie Julia Kosslik verschleppt und eingesperrt?«

»Ich habe doch gesagt, fragen Sie den Kölner! Weil ich dem Arschloch eine auswischen wollte!«, antwortete der andere Steffens dann doch.

Jetzt stutze der Kommissar, und als die Aussage, die hinter dieser Bemerkung steckte, in sein Bewusstsein drang, hatte er das Gefühl, den Boden unter seinen Füßen zu verlieren.

Der ehemalige Bürgermeister erklärte weiter: »Julia spielt im Leben des Kölners eine große Rolle, sie ist seine Achillesverse sozusagen. Nur hier kann man ihn augenblicklich wirklich treffen. Also habe ich mir die Kleine genommen. In wenigen Tagen wollte ich sie wieder freilassen, aber dann mussten Sie ja mit Ihrem Team dazwischenfunken. Mit Ihrem dämlichen Einsatz, Julia zu befreien, haben Sie meinen genialen Plan komplett durchkreuzt.«

Steffens stöhnte innerlich auf. *Allen Ernstes? Julia und der Kölner?* »Ich glaube es nicht«, war das einzige, was er spontan dazu sagen konnte.

»Ja, was glauben Sie denn? Warum hat die Kleine denn auf der Treppe vor Ihrem Haus gesessen? Weil der Kölner wissen wollte, wie Sie auf seine Spezialbehandlung reagieren.«

»Moment, nicht so schnell!« Wie zum Selbstschutz hakte der Kommissar hier ein. »Jetzt erklären Sie mir erst mal, warum Sie den Kölner bis ins Mark treffen wollten!«

Geradezu bereitwillig begann der andere Steffens zu erzählen: »Ich hatte ihn um Geld gebeten. Nina Kollmann, die Schlampe, hat mich erpresst. Sie hat gegen unseren Willen die Partys in der Jagdhütte fotografiert. Ich bin gerade dabei, meinen Ruf in Monschau zu rehabilitieren und wieder Fuß zu fassen, da kommt dieses Biest mit solchen Fotos um die Ecke. Und alles nur, weil sie gemerkt hat, den falschen Mann geheiratet zu haben.«

Der ehemalige Bürgermeister atmete tief ein und fuhr fort. »Wissen Sie, Mord ist nicht mein Ding. Ich hätte bezahlt, bis die Kleine endlich weg gewesen wäre. Aber alleine konnte ich das nicht schaffen, also habe ich versucht, den Kölner anzupumpen. Und als der dann dichtgemacht hat, wollte ich ihn mit der Geiselnahme von Julia weichkochen. Logisch, oder?«

Steffens schüttelte den Kopf und blickte seinen Namensvetter angewidert an.

»Sie haben Julia als Druckmittel eingesetzt, um doch noch das Geld vom Kölner zu kriegen, um damit dann die Erpressung von Nina Kollmann bedienen zu können? Und das, obwohl Nina Kollmann schon tot war.« Vollkommene Fassungslosigkeit ergriff den Kommissar.

Der andere Steffens schüttelte den Kopf. »Ich sah keinen anderen Ausweg, diesen arroganten Kölner zu überführen. Wie ich schon gesagt habe, Mord ist nicht mein Ding. Also habe ich Julia eingekerkert. Ich schwöre, es sollten nur wenige Tage sein, dann hätte ich sie wieder laufen lassen. Für mich ist der Kölner der Mörder. Ich wollte ihn weichkochen. Ich konnte doch nicht ahnen, dass Sie mir auf die Schliche kommen würden. Es ging mir nur darum, den Kölner als Mörder zu überführen. Endlich wäre ich in Monschau wieder ein angesehener Bürger geworden.«

»Bis hierhin habe ich verstanden. Ungeachtet, was bei Julia ausgelöst wurde, welcher Angst Julia Kosslik ausgeliefert war, haben Sie versucht, irgendwie Ihren eigenen Arsch zu retten, um in Monschau wieder Fuß zu fassen. Die Rechnung ging nicht auf, denn dann kamen wir, haben Julia in ihrem Verließ gefunden und befreit. Sie wurde ins Krankenhaus gebracht, aber der Albtraum ging für die junge Frau weiter. Wer war der große Mann, der versucht hat, Julia aus dem Klinikum Aachen zu entführen?« Steffens sah dem ehemaligen Bürgermeister mit unverhohlener Abscheu ins Gesicht.

»Fragen Sie endlich den Kölner, der hat doch seine riesigen Gorillas um sich geschart«, versuchte der andere Steffens einen weiteren Versuch, den Kommissar von seiner Theorie zu überzeugen.

Steffens war fertig. Trotz der wichtigen Infos zur möglichen Lösung des Falls, die der andere Steffens ihm geliefert hatte, war der Kommissar zutiefst getroffen. Müde verließ er das Krankenzimmer. Er wollte keinen mehr sehen und ging deshalb auch nicht mehr ins Zimmer gegenüber zu seinem Assistenten.

Er fuhr zum Steling. Der Kommissar bewegte sich wie ein gebrochener Mann. Er hätte es nicht zugegeben, aber er fühlte sich hundsmiserabel. Voller Selbstzweifel versuchte er, sich die Situation zu erträumen, in der er sich Julia zuwenden konnte, um ihr seine Liebe zu gestehen. Es tat gut, hier oben zu sitzen und sich diesem Tagtraum hinzugeben. Seine Augen füllten sich wider Willen mit Tränen. Er versuchte, Ruhe in seine aufgewühlte Gefühlslage zu bringen, aber ohne jeglichen Erfolg.

Er hatte gerade das Auto erreicht, als Bob Marley erneut an sein Ohr drang. Mit den letzten Tönen von *I shot the sheriff*, gelang es ihm endlich, sein Handy aus der Jeanstasche zu ziehen und Steffens konnte das Gespräch entgegennehmen.

»Sie ist jetzt wach und hat nach mir gefragt?« stammelte er ungläubig in sein Handy. »Sie kann wieder sprechen? Natürlich komme ich sofort! Danke, Schwester Claudia!«

Erneut fuhr Steffens zum Aachener Klinikum. Auf der Psychiatrie hatte Schwester Claudia schon auf ihn gewartet. Sie begleitete den Ermittler zu Julias Zimmer. Heute kam er nicht als Kommissar, sondern als Mann. Er atmete tief ein und versuchte, durch betont aufrechte Haltung seine Unsicherheit zu überspielen.

Julia lag auffallend blass in ihrem Bett. Irgendjemand hatte frische Blumen auf den Nachttisch stellen lassen, er selbst hatte unten am Kiosk Pralinen einer bekannten Aachener Schokoladenfabrik gekauft.

Steffens schob einen Stuhl neben das Bett und griff nach ihrer Hand. »Wie geht es dir?«

Die junge Frau rang nach Fassung. »Danke, dass ihr es geschafft habt, mich aus dem Loch zu befreien und dann auch noch im Klinikum zu finden.« Mehr sagte sie nicht.

»Und wie geht es dir jetzt?«

»Steffens«, antwortete sie, »Ich muss dir etwas sagen.«

Steffens spürte instinktiv, dass er das, was nun kommen würde, nicht hören wollte. Aber Julia musste hier und jetzt reinen Tisch machen.

»Ich habe die Nähe zu dir wirklich sehr genossen«, fuhr sie fort. »Du bist ein außergewöhnlicher Mann, die Nacht mit dir werde ich nie vergessen, aber das alles reicht nicht. Lass es uns beenden, bevor es ernst wird. Ein Leben an der Seite des Kommissars in Monschau passt nicht in meinen Lebensplan«

Obwohl er genau das befürchtet hatte, schaute er sie ungläubig und wie vom Donner gerührt an. Seine beiden Hände lagen wie zum Schutz um ihre linke und hielten sie behutsam fest.

»Der Kölner?«, brachte er mit Mühe heraus.

Julia nickte nur stumm.

»Und du wusstest, dass er dich irgendwie wieder nach Köln holen wollte? Wenn es sein musste sogar auf illegalem Weg?«

Julia reagierte nicht. Sie starrte die Decke an. Schließlich erklärte sie fast schon verzweifelt: »Die hier hätten mich doch nie rausgelassen.«

Steffens beugte sein Gesicht hinunter zu Julias Stirn und gab ihr einen sanften Kuss. Langsam stand er auf.

An der Tür drehte er sich noch einmal um und flüsterte: »Vielleicht überlegst du es dir noch anders du weißt, wo du mich findest.«

KAPITEL SIEBENUNDDREISSIG

Es wurde schon dämmrig und so beschloss der Kommissar, an diesem Tag nicht nochmal zum Steling zu fahren. Stattdessen machte er den Schlenker über Mützenich. Huberta war gerade im Begriff, den kleinen Laden zu schließen. »Na, Steffens, Sie sehen aber ziemlich miesepetrig aus«, begrüßte sie ihn.

»So fühle ich mich auch«, antwortete er merklich geknickt. »Ich wünschte, ich hätte Ihre Ruhe. Verdammte Scheiße, ich werde Köln mit allen seinen schlechten Erfahrungen nicht los und hier gleitet mir alles irgendwie durch die Finger!«, fluchte er.

Huberta war zu erfahren, um jetzt noch weiter zu fragen.

»Zehn Minuten habe ich noch, dann kommen die Dorffrauen zu mir. Die Zeit muss reichen!«

»Wissen Sie, Huberta, ich habe tatsächlich einige Baustellen mit nach Monschau gebracht, von denen ich glaubte, die verfolgen mich nicht, wenn ich Köln für immer den Rücken zukehre«, gab der Kommissar kleinlaut zu.

Huberta schüttelte sanft den Kopf. »Wenn es doch nur so einfach wäre. Abhauen, verlassen, den Neuanfang wagen und alle Missgeschicke der Vergangenheit sind Geschichte? Nee, Steffens, so läuft das Leben nicht. Denken Sie dran: *Man sieht sich im Leben immer zweimal.* Und glauben Sie mir, ich spreche aus Erfahrung.«

Hubertas sonst so ansteckendes Lachen klang heute irgendwie verhaltener.

Huberta und Steffens beobachteten schweigend, wie sich der Tag langsam verabschiedete und spürten, wie die Luft immer kühler wurde.

»Okay, dann werde ich jetzt mal losfahren. Danke und viel Spaß mit den Dorffrauen.« Steffens winkte zum Abschied.

Man sieht sich im Leben immer zweimal. Die Worte hallten in ihm nach. Unwillkürlich dachte Steffens an den Kölner und seine Verbindung zu ihm. Wie Recht Huberta doch hatte!

Er fuhr nach Hause, dachte an Christina, dachte an Julia und fühlte sich nicht in der Lage, sich überhaupt noch einmal einer Frau zu öffnen.

KAPITEL ACHTUNDDREISSIG

»Was für eine schöne Überraschung!« Steffens freute sich am folgenden Morgen ehrlich, Kirchfink endlich wieder im Büro zu sehen. »Jetzt merke ich, dass Sie mir echt gefehlt haben.«

Zur Feier des Tages lud der Kommissar seinen Assistenten zum Mittagessen ein. Diesmal nicht nur zu einem Imbiss. Steffens lotste Kirchfink zu seinem Auto und die beiden Männer fuhren zu einem Restaurant auf belgischer Seite, von dem Steffens mittlerweile wusste, dass die Küche auch schon mittags besonders gut war.

»Wirklich Chef, hier rein? Hätte ich das gewusst, hätte ich heute Morgen eine bessere Krawatte gewählt«, machte Kirchfink seinem Erstaunen Luft.

Der Kommissar lachte: »Echt, Kirchfink, noch besser?«

»Na klar, die, die Sie mir ins Krankenhaus gebracht haben.«

Steffens öffnete lachend die Tür und ließ dem noch immer leicht angeschlagen wirkendem Assistenten den Vortritt.

Ihnen wurde ein Zweiertisch am Fenster zugewiesen, von wo man zunächst über Wiesen und dann bis zum Waldrand gucken konnte.

Nach der Vorspeise, einer köstlichen Rehpastete mit ofenfrischem Baguette, machte Steffens seinen Assistenten auf die Stellen auf der Weide aufmerksam, die wie umgegraben dalagen: »Kirchfink, was sind das eigentlich für Spuren dahinten. Ich erkenne keine Reifenabdrücke, aber die Wiese sieht aus, als wäre ein Achttonner drübergefahren.«

Kirchfink folgte mit den Augen seinem Blick und fing laut an zu lachen.

»Chef, Sie wollen mir ernsthaft erzählen, dass Sie noch nie Wildschweinspuren gesehen haben?«

»Ich bin ein Städter, der erst langsam in der Eifel und ihrer Umgebung Fuß fasst«, gab Steffens zu Bedenken. »Wildschweine, die sich suhlen?«

»Nein, Wildschweine, die auf Futtersuche alles umwälzen, was sie stört. So mancher Hobbygärtner ist durch Schwarzwild schon massiv geschädigt worden«, erklärte sein Assistent.

»Das ist ja echt ärgerlich, wer kommt denn dann für den Schaden auf?«, bohrte Steffens weiter.

»Oh je, lassen Sie mich mal kurz überlegen. Also, wenn Privatgärten geschädigt wurden, ist das Sache des Besitzers. Der ist dafür verantwortlich, sein Grundstück vernünftig einzuzäunen oder seine Hausratsversicherung entsprechend zu erweitern.«

»Aber das da hinten ist doch kein gewöhnlicher Hausgarten. Das sieht mir eher nach landwirtschaftlicher Nutzung aus.«

»Da haben Sie Recht, Chef, da muss dann die Jagdbehörde ran, aber die geben das meistens an den Jäger weiter, der die Pacht dieses Jagdgebietes innehat.«

»Verstehe! Wenn der also nicht in der Lage ist, genügend Wildweine zu schießen, ist der dran.«

»Ja, so ungefähr habe ich das in Erinnerung, aber ganz genau weiß ich das auch nicht mehr. Das Jagdrecht ist kompliziert. Und hier in Belgien ist garantiert wieder ein anderes Recht gültig.«

»Also, beim anderen Steffens habe ich gelernt, dass kleine Wildtiere mit einer Schrotflinte erlegt werden, was dann letztendlich zum Abschuss seines Tafelgeschirres geführt hat. Aber womit schießt man auf Wildschweine?«

»Ich habe ja keinen Jagdschein, aber aus den Erzählungen von früher ist mir in Erinnerung geblieben, dass meist ein großkalibriges Gewehr benutzt wird. Nicht selten 9,3 x 62 mm«, antwortete Kirchfink.

Steffens packte eine gewisse Unruhe, die er sich nicht sofort erklären konnte. Er grübelte immer noch über diese Größenangabe nach, als der Koch persönlich den dampfenden Wildschweinbraten, für Belgien typisch, mit Pommes Frites servierte.

»Voilà, le sanglier à la maison.« Der Koch war sichtlich stolz auf sein Rezept des Hauses. Er füllte die beiden Rotweingläser mit einem einfachen, aber guten Landwein und verschwand wieder in der Küche.

Schweigend aßen die beiden Ermittler, als Steffens völlig unvermittelt noch einmal nachfragte: »Welche Gewehrgröße haben Sie gerade gesagt?«

»Großkalibrig, 9,3 x 62«, antwortete Kirchfink

»Entschuldigen Sie, ich muss mal eben telefonieren«, erklärte der Kommissar und wählte die Nummer von Ines Jablonka.

»Ja, Steffens hier«, meldete sich der Kommissar. »Sagen Sie, Frau Jablonka, welches Kaliber hatte die Kugel, die unser Mordopfer getötet hat?«

Kirchfink beobachtete seinen Chef genau, auch ihn hatte jetzt eine gewisse Unruhe gepackt.

»Also doch, und Sie haben keinen Zweifel?«

Es entstand wieder eine kleine Pause. Steffens kroch förmlich in sein Smartphone, um bloß keine wichtige Aussage zu überhören.

»Dann danke ich Ihnen, Sie haben mir tatsächlich weiterhelfen können.« Steffens beendete das Telefonat und wandte sich an seinen Assistenten: »Kirchfink, halte Sie sich fest, Nina Kollmann wurde mit genau einem solchen Gewehr getötet. Ich habe mich extra eben noch mal vergewissert. Es stimmt also, ein Gewehr, das vorzugsweise zur Wildschweinjagd eingesetzt wird. Großkalibrig 9,3 x 62.«

»Doch nicht etwa mit dem, womit unser Mittagessen dran glauben musste?«, antwortete der Assistent kauend.

»Wer weiß?« Steffens zuckte mit den Achseln. »Jedenfalls wissen wir jetzt, was zu tun ist. Sämtliche Freier der Jagdhüttenszene werden auf ihre Jagdbefugnis hin befragt und dann werden wir ja sehen, wer von denen im Besitz eines solchen Gewehres ist.«

»Und dann das Verhalten der jungen Frau, die mit ihrem Körper Geld verdienen wollte, mit dem Gebaren eines Wildschweines gleichgestellt hat.«, vervollständigte Kirchfink. »Aber das wäre doch ein Widerspruch in sich. Die Freier mochten diesen Zeitvertreib doch. Warum sollten sie sich rächen?«

Steffens wandte sich wie zur Entschuldigung an seinen Assistenten: »Ich weiß es nicht. Wir hatten so viel mit der Entführung von Julia Kosslik zu tun, dass wir gar keine Zeit hatten, der Frage nach der Tatwaffe nachzugehen, obwohl das Kaliber längst festgestellt worden war, oder das Tatmotiv zu hinterfragen. Ich will nicht gerade behaupten, die Mordermittlungen seien in den Hintergrund gerückt, aber die Verhinderung eines zweiten Kapitalverbrechens hat unsere ganze Aufmerksamkeit in Anspruch genommen.«

»Schon gut Chef, jetzt bin ich ja nicht mehr im Krankenhaus und kann wieder mithelfen, die Ermittlungen voranzutreiben.«

»Wissen Sie, Kirchfink, das ist auch bitter nötig.« Steffens und Kirchfink prosteten sich zu und wussten auch ohne viele Worte, die Zuverlässigkeit des jeweils anderen zu schätzen.

Voller Zuversicht, dass die Ermittlungen gemeinsam wieder an Fahrt aufnehmen würden, bestellten sich die Beiden noch *Le dessert du jour et un petit café noir*.

Auf dem Rückweg nach Monschau, hielt Steffens bei einem Bäcker an, um den beiden Streifenpolizisten einen belgischen Reisfladen mitzubringen.

KAPITEL NEUNUNDDREIßIG

Paul Kreitz und Basti Schreiber freuen sich über den Kuchen, und jetzt saßen alle vier Männer mit Kaffeebechern in den Händen rund um Steffens Schreibtisch. Vor ihnen lag die Liste mit den Namen der Männer, deren DNA von der Spurensicherung hatte zugeordnet werden können.

»Ihr Beide übernehmt die Fleißarbeit und findet heraus, wer von den Männern einen Jagdschein und somit auch die Erlaubnis hat, Waffen zu haben«, ordnete Steffens an. »Das müsste ja durch Nachfragen bei der Jagdbehörde hier vom Schreibtisch aus funktionieren. Kirchfink, Sie und ich fahren noch mal zum anderen Steffens ins Krankenhaus. Halten Sie das aus?«

»Na klar, Chef.«

Die beiden Ermittler fuhren in Steffens altem Audi nach Simmerath. Diesmal nahmen sie den Aufzug zur Chirurgischen Station, Kirchfink sollte sich noch ein wenig schonen.

Oben angekommen, klopfte Steffens an die Tür des Krankenzimmers, wartete ein »Herein« aber erst gar nicht ab. Umso mehr überraschte es ihn, dass eine Krankenschwester dabei war, die persönlichen Sachen des ehemaligen Bürgermeisters zusammenzupacken, der wiederum selber wachsam auf seinem Bett lag und die junge Frau sehr genau bei ihrer Tätigkeit beobachtete.

»Oh, Sie ziehen aus?«, entfuhr es dem Kommissar statt einer Begrüßung.

»Ja, ich werde verlegt, nach Aachen«, erklärte der andere Steffens bitter. »Laufen kann ich noch nicht, aber umziehen soll ich schon, und zwar in die Krankenstation der JVA.«

»Aha, dann stimmt es also tatsächlich, dass es heute noch ein Gespräch mit dem Haftrichter gibt?«, fragte der Kommissar fast schon scheinheilig. »Dann komme ich ja gerade noch rechtzeitig, um Sie erneut zu fragen, ob Sie sich doch noch an Einzelheiten am Abend des Mordes erinnern, die Sie uns jetzt endlich mitteilen möchten. Sie haben ja selbst zugegeben, dass Sie sich mit dem Kölner gestritten haben und er Ihnen kein Geld leihen wollte. Dann wollten Sie ihm eins auswischen, indem Sie die Frau, von der Sie glaubten, dass sie dessen Freundin ist, entführt haben.«

Der Kommissar heftete seinen Blick auf das Gesicht des ehemaligen Bürgermeisters. Der verzog aber keine Mine.

»War an diesem besagten, letzten Abend sonst noch irgendetwas anders als an den Abenden zuvor, wenn diese Feiern stattfanden?«

Nach einer längeren Pause, die der Kommissar schon ungeduldig beenden wollte, antwortete der andere Steffens: »Nein, eigentlich nicht. Ansonsten, fragen Sie den Kölner, dieses brutale Schwein!«

Bevor jemand dazu Stellung nehmen konnte, öffnete sich die Tür. »Schwester Ina, sind die Sachen fertig gepackt? Der Krankenwagen ist eingetroffen, der Gefangenentransport kann starten.« Mit offen zur Schau gestellter Abneigung gegen den ehemaligen Bürgermeister veranlasste die Stationsschwester, dass das Bett mitsamt dem Patienten hinausgeschoben wurde.

»Und was hat uns diese Aussage jetzt gebracht?«, fragte Kirchfink.

»Weiß ich auch nicht«, Steffens zuckte mit den Schultern. »Ich werde wohl wirklich noch einmal den Kölner kontaktieren, aber vielleicht lässt sich meine Frage auch telefonisch klären.«

Wieder in der Polizeistation angekommen, wurden Steffens und Kirchfink von den beiden Streifenpolizisten mit einer fast komplett abgearbeiteten Liste überrascht.

»Nicht alle hatten einen Jagdschein, es durften offensichtlich auch Angehörige teilnehmen«, erklärte Basti Schreiber. »Mommertz zum Beispiel hat gar keinen.«

»Dann hat der ja auch kein Jagdgewehr und fällt als Mörder aus«, konstatierte Kirchfink.

»Scheiße!«, kommentierte Steffens.

KAPITEL VIERZIG

»Mein Jott, Steffens, jetzt och noch am Telefon. Was willste denn jetzt noch wissen?«

»Kölner, es durften also nur Jäger oder deren Angehörige an den Partys in der Jagdhütte teilnehmen. Wessen Angehöriger war denn der Mommertz aus Roetgen? Der hat doch gar keinen Jagdschein!«

Der Kölner verfiel wieder in perfektes Hochdeutsch: »Weißt du, Steffens. Ich kann nicht alle Verwandten meiner Gäste kennen, aber wusstest du eigentlich, dass auch Frauen einen Jagdschein haben können?«

»Oha«, konterte Steffens. »Und du willst mir jetzt verklickern, dass ich den Mörder, Verzeihung, die Mörderin, im Kreise deiner Damen finden kann?«

»Schwachsinn, Herr Kommissar. Ich muss zugeben, dass es da in dem Kader oft vor Neid und Eifersucht knallt, aber nicht aus einem Gewehr.«

Der Kölner lachte überheblich.

»Ich kann keinen Zusammenhang entdecken, kein Motiv, kein Garnichts.« Der Kommissar hatte laut gedacht.

»Verzweifelt?«, fragte der Kölner süffisant und hatte hörbar Spaß an diesem Gespräch.

»Mann, Kölner, leck mich.« Steffens wurde ungeduldig und erkannte gleichzeitig, dass er vorgeführt wurde. »Wenn dir was Sinnvolles einfällt, ruf mich an!«

»Werde ich bestimmt nicht tun. Ich weiß nämlich auch nicht, wer das Mädchen auf dem Gewissen hat.«

Steffens beendete das Gespräch und spurtete in sein Büro, wo sein Assistent und die beiden Polizisten über ihren Berichten brüteten.

»Kirchfink, der Kölner meinte, dass auch Frauen einen Jagdschein haben können.«

Sein Assistent blickte fragend auf. »Haben Sie das nicht gewusst? Natürlich können auch Frauen einen

Jagdschein haben, aber die standen bestimmt nicht auf der Gästeliste.«

»Das stimmt natürlich, liegt ja in der Natur der Sache, aber wie bringt uns diese Information jetzt weiter?«

»Wir müssen die zweifelhafte Gästeliste dahingehend überprüfen, ob eine der Ehefrauen oder festen Partnerinnen einen Jagdschein hat und somit berechtigt ist, ein Jagdgewehr zu besitzen«, meldete sich Basti Schreiber aus dem Hintergrund zu Wort.

»Alles besser als dieser blöde Schreibkram.« Kirchfink war sofort bei der Sache und die beiden Beamten taten es ihm gleich.

»Ich geh in der Zeit zur Kaffeerösterei in der Altstadt, um unseren Vorrat wieder aufzustocken«, verabschiedete sich Steffens. Als er nach einiger Zeit wieder zurückkam, fand er seine drei Mitarbeiter entspannt grinsend im Büro vor.

»Bingo, Chef, da gibt es tatsächlich eine. Diese Frau Mommertz aus Roetgen hat schon sehr lange den Jagdschein«, überraschte Kirchfink seinen Chef.

»Stopp, Kirchfink. Die Frau ist sicher knapp sechzig. Wie soll die denn die junge Nina Kollmann durchs Venn gejagt haben?«, nahm er seinem Assistenten den Wind aus den Segeln.

»Wirkte die denn unsportlich auf Sie?«, fragte Kirchfink. Die beiden Beamten sahen gespannt von einem zum anderen.

»Das nicht gerade, aber zwischen den beiden Frauen liegen bestimm dreißig Jahre.« Steffens war skeptisch und ließ sich nicht so schnell überzeugen.

»Aber einen Versuch wäre es doch wert.«, ermunterte Paul Kreitz seinen Chef.

Steffens sagte nichts, aber dann nickte er. »Irgendwo müssen wir ja anfangen. Kommen Sie Kirchfink, vielleicht bringt es ja was. Auf nach Roetgen.«

Im Vorgarten des kleinen Fachwerkhauses war Hildegard Mommertz dabei, die vielen Eicheln, die schon vom Baum abgefallen waren, zusammenzukehren und in großen Kunststoffwannen zu sammeln. Tatsächlich bewegte sie sich dabei so, als sei sie sehr gut durchtrainiert.

»Hallo, Frau Mommertz. Ist Ihr Mann nicht zu Hause?«, begrüßte Steffens die Frau und auch Kirchfink nickte ihr freundlich zu.

»Nein, der ist mit dem Hund unterwegs. Kann ich Ihnen weiterhelfen?«

»Für wen sammeln Sie die Eicheln?«, fragte Steffens.

Kirchfink wunderte sich erneut über die Unwissenheit von Städtern.

»Wir Jäger füttern damit das Wild. Wir haben ja auch einen Hegeauftrag.«

»Sie sind Jägerin?« Wie zufällig zeigte Steffens auf das Geweih über der Haustür. »Dann haben Sie das mal geschossen und die Trophäe aufgehängt?«

»Oh nein, mein Vater. Das hier war das Jagdhaus meines Vaters, als ich noch ein Kind war. Jedes Wochenende sind wir seinerzeit von Stolberg hierhin gefahren. Ich habe es geliebt, mit meinem Vater auf die Jagd zu gehen.«

»Und haben dann irgendwann später selbst den Jagdschein gemacht«, vervollständigte Steffens.

Stolz nickte Hildegard Mommertz mit dem Kopf.

»Ist das nicht ziemlich anstrengend in …«

»Sie meinen, in meinem Alter?« Frau Mommertz lachte, als sie den Satz vervollständigte und dann ihr Lebensmotto preisgab. »Sie kennen doch den Satz: Wer rastet, der rostet. Ich halte mich fit mit Ausdauersport, Krafttraining und Spinning.«

Plötzlich fiel ein Schatten über das Gesicht des Kommissars. »Frau Mommertz, seit wann wussten Sie von den Feiern in der kleinen Jagdhütte?«, konfrontierte er sie mit seiner Theorie.

Sie knickte ein. Sämtliche Selbstbeherrschung fiel von ihr ab. »Schon lange. Mein Mann glaubte, ich wüsste das nicht, weil ein Freund ihn dorthin mitgenommen hatte, aber in Jägerkreisen bleiben nur wenige Geheimnisse wirklich geheim.«

»Frau Mommertz, wo waren Sie in der fraglichen Tatnacht?«

»Auf dem Hochstand zur Ansitzjagd.«

»Das bedeutet, Sie haben den Abend zur Beobachtung auf einem Hochsitz verbracht? War Ihr Mann dabei?«

Hildegard Mommertz schüttelte den Kopf. »Nein ich war alleine, mein Mann hat keinen Jagdschein und auch keinen Spaß daran.«

»Konnten Sie von Ihrem Beobachtungsposten Ihren Mann auch sehen?«

Die Frau schwieg.

»Kann es sein, dass sich der besagte Hochsitz in unmittelbarer Nähe zu einer Jagdhütte zwischen Fringshaus und Konzen befindet?«, fragte der Kommissar.

Frau Mommertz stand da wie erstarrt und gab keinen Ton von sich.

»Hatten Sie von Ihrem Observationsstand aus die Möglichkeit, dem fragwürdigen Treiben in und vor der Jagdhütte zuzusehen?«

Dem Kommissar hätte wahrscheinlich jede Wachsfigur mehr Reaktion gezeigt als Hildegard Mommertz. Unbeirrt bohrte er weiter: »Kannten Sie Nina Kollmann?«

Plötzlich nickte die Frau. Offensichtlich hatte Steffens gerade die Frage gestellt, die jetzt die Schleusen öffnete. »Ja, ich kannte Frau Kollmann, alle kannten sie. Schließlich hatte sie den arrogantesten Pinsel der Nordeifel geheiratet.«

»Mochten Sie die junge Frau?«

»Sie hat mir viel Arbeit abgenommen, wenn Sie verstehen, was ich meine.« Hildegard Mommertz machte eine kleine Pause.

»Unsere Ehe erlebt gerade einen Tiefpunkt, jeder geht seines Weges. Es war von Anfang an ein stilles Abkommen. Aber dann begann Nina Kollmann, jeden um Geld anzubetteln oder, als das nichts brachte, zu erpressen. Und da mein Mann und ich in einer Zugewinngemeinschaft ohne Ehevertrag leben, war ich mitbetroffen. Mein Vater hatte uns eine beachtliche Summe vererbt. Und dieses Erbe galt es zu schützen! An dem besagten Abend lauerte ich ihr auf, um sie zur Rede zu stellen. Ich weiß nicht warum, aber sie näherte sich dem Hochstand und baumte auf.«

Kirchfink und Steffens kannten den Ausdruck und verstanden, dass Nina auf den Hochstand geklettert war.

»Sie hatte nicht mit meiner Anwesenheit da oben gerechnet. Ich war unglaublich wütend und ergriff ihre Handgelenke. Ich schrie sie an, sie solle uns zufriedenlassen und einen anderen Weg finden, ihren Mann zu verlassen. Ihr gelang es, sich zu befreien und die Flucht zu ergreifen. Das war zu viel. Ich schnappte nach meinen Sachen, verließ den Hochstand und rannte ihr hinterher zu meinem Wagen. Sie hatte wohl die falschen Klamotten an, und so war es ein Leichtes für mich, sie in mein Auto zu zerren. Ich wollte sie nur am Wanderparkplatz oben am Hatzevenn rauslassen, aber dabei fiel mein Blick auf mein Jagdgewehr, das noch auf der Rückbank lag.«

Ihre Stimme wurde immer leiser, als Frau Mommertz auch noch den Rest erzählte. »Mein Jähzorn, meine ungebremste Wut und nicht zuletzt auch das Gefühl, meinen Mann doch noch irgendwie zurückgewinnen zu können, übernahmen die Oberhand. Nennen Sie es ruhig: wie von Sinnen.« Nach dieser Erklärung verfiel Hildegard Mommertz in Schweigen.

Steffens und Kirchfink hatten aufmerksam zugehört. »Damit ist die Geschichte sicher noch nicht zu Ende«, sagte Steffens. »Zeigen Sie mir doch mal ihren Waffenschrank!«

Müde ging die Frau vor den beiden Ermittlern ins Haus. In einem gut getarnten Waffentresor befanden sich drei Jagdgewehre.

»Welches hat das Kaliber 9,3 x 62?«, fragte Steffens

»Das hier, ganz rechts.«

»Und damit haben Sie Nina Kollmann getötet, nachdem Sie sie durchs Venn getrieben haben?«

Hildegard Mommertz wirkte erstaunlich gefasst. Sie wusste, es war vorbei.

Nachdem sich die Handschellen mit einem hellen Klick geschlossen hatten, übergab Steffens die geständige Mörderin den beiden Streifenpolizisten mit dem Auftrag, die Frau zur JVA zu bringen und dort dem schon informierten Haftrichter vorzuführen.

Er selber brachte Kirchfink nach Monschau. »Jetzt wissen wir auch, warum Ninas Handgelenke diese Spuren der Gewalt aufwiesen«, bemerkte der Assistent während der Fahrt. Steffens nickte stumm.

»Chef, der Fall ist gelöst. Der ehemalige Bürgermeister wird sich vor dem Gericht wegen Freiheitsberaubung verantworten müssen, Hildegard Mommertz hat Nina Kollmann auf dem Gewissen und das Kölner Rotlichtmilieu ist zu uns ausgelagert worden. Gefällt uns das?«

Der Kommissar schwieg. Ja, der Fall war gelöst, aber er wollte jetzt noch keine Stellungnahme abgeben. Die würde noch früh genug von der Presse eingefordert werden. Außerdem musste er noch ein paar persönliche Fragen mit dem Kölner klären.

Nachdem er Kirchfink in Monschau abgesetzt hatte, fuhr Steffens zum Steling. Oben auf der Bank kam er zur Ruhe, als er sich noch einmal die wichtigsten Einzelheiten des Falles vor Augen führte.

Er wählte eine Kölner Nummer. Als am anderen Ende abgehoben wurde fragte er nur: «Kölner, warum hast du Julia aus dem Krankenhaus entführen lassen?«

»Steffens, du fragst zu viel! Ich weiß, das ist dein Job, aber ich muss dir darauf keine Antwort geben! Julia ist gerne bei mir, sie hat es hier gut! Und außerdem: Du bist ein Steffens durch und durch. Man kann sich seine Verwandten eben nicht aussuchen.«

Erschrocken blickte der Kommissar auf sein Handy. Er wollte auf keinen Fall mit dem anderen Steffens verwandt sein! Was wusste der Kölner, was er selbst nicht wusste?

Das Gespräch war ohne weiteren Kommentar beendet worden.

Er schloss die Augen und verdrängte dabei den eben noch gedachten Gedanken.

»Man sieht sich im Leben immer zweimal«, zitierte er schließlich Huberta.

»Den Kölner werde ich wohl nie los, aber es gibt dennoch keinen Grund, Julia oder Christina aufzugeben«, dachte er, wie um sich selber Mut zu machen.

Ute Mainz wohnt seit über sechzig Jahren mit ihrer Familie in der Nordeifel und fühlt sich mit diesem Landstrich und den hier lebenden Menschen eng verbunden. Das spürt man auch in ihren unterhaltsamen Kriminalgeschichten, denn sie lässt die Leserinnen und Leser an den lokalen Besonderheiten teilhaben, die diesen manchmal etwas rauen Landstrich so liebenswert machen. Gemeinsam mit Dirk Neuß und Stefan Herbst von EifelDrei.TV entwickelte sie die Krimi-Reihe Steling, dessen erster Band »Morningshow« im Herbst 2022 erschien.

Ebenfalls im Eifeler Literaturverlag

Hermann Carl
Mit Blaulicht und Büchse
Geschichten und Anekdoten aus dem Revier

190 Seiten, 15,00 EUR
ISBN: 978-3-96123-070-9

Hermann Carl ist passionierter Jäger, pensionierter Polizist und als großer Naturfreund Initiator der städteregionsweit bekannten Rollenden Waldschule und des Erlebnismuseums Lernort Natur in Monschau. In den hier gesammelten, meist kuriosen, manchmal traurigen, oft lustigen und immer spannenden Geschichten berichtet Carl aus seinem bewegten Leben im Jagd- und Polizeirevier.

Hier erfahren wir, wie man einen Geisterbock zur Strecke bringt, wie man einen Wolf einfängt, wie man sich als junger Streifenpolizist vom Lande im trunkenen Kölner Karneval orientiert, wozu das Blaulicht wirklich gebraucht wird, warum man Gewehre nicht hinter Schränke fallen lassen sollte und warum es gut ist, immer auf seinen Schutzengel zu hören.

Ebenfalls im Eifeler Literaturverlag

RALF HERGARTEN
Dreckszeug
Ein Eifeler Umweltkrimi

256 Seiten, 15,00 EUR
ISBN: 978-3-96123-046-4

In einem alten Steinbruch in Kall wird die Leiche der angehenden Enthüllungsjournalistin Sandra Wolter gefunden. Ins Visier der Schleidener Polizei und des ermittelnden Kommissars Frajo Wergen gerät schnell der Freund der Ermordeten, mit dem sie am Abend ihres Todes einen heftigen Streit gehabt hatte.

Doch ist er nicht der einzige Verdächtige – Wergen ermittelt auch im Umfeld zweier Eifeler Baufirmen, die sich auf die Entsorgung von Sondermüll spezialisiert haben: Warum war Sandra Wolter hier nacheinander als Sekretärin angestellt? Und hat ihr Tod am Ende etwas mit den illegalen Umtrieben der Eifeler Entsorgungsmafia zu tun?

Ebenfalls im Eifeler Literaturverlag

Ute Mainz
Steling: Morningshow
Kommissar Steffens erster Fall

180 Seiten, 15,00 EUR
ISBN: 978-3-96123-052-5

Aus einer beruflichen und privaten Krise heraus wagt der Kölner Kommissar Steffens einen Neuanfang in der Nordeifel und wird Leiter des Polizeireviers in Monschau. Dass es am Fuße des Steling nicht so beschaulich und malerisch zugeht, wie er dachte, bemerkt der kauzige Kommissar, als er auf dem Weg zu seiner Dienststelle eine mysteriös entstellte Leiche entdeckt

Eine erste Spur führt zum Einsiedlerhof des alten Bauern Rader, der sich als Tierpräparator verdingt. Doch was haben er, seine Pflegerin Magda und ein brennender Überseecontainer in Köln mit dem Fall zu tun? Steffens und sein Assistent Kirchfink nehmen die Ermittlungen auf ...